不學無術的偵探學園

学ばない探偵たちの学園

張嘉芬 譯
東川篤哉
Higashigawa Tokuya

目次

封面插畫 Nagato Kasuya（カスヤナガト）

不學無術的偵探學園

序幕

「戀之窪（KOIGAKUBO）」是位在國分寺西方一片恬靜的住宅區。而「鯉之窪（KOIGAKUBO）學園」則是位於戀窪地區邊緣的一所喧鬧的私立高中。提醒各位，這個校名沒有寫錯，不是「戀之窪學園」的誤植。

四月——

我轉進了鯉之窪學園讀二年級，也就是所謂的轉學生。起初的一星期大家還覺得我很稀奇，到了第十天的時候，大家已經覺得膩了。我的同班同學們，似乎都認爲我是一個到處都看得到的普通高中生。我的校園生活，總之是無風無雨地展開了。至少到目前爲止是的。

然而，好事多磨。在這段看起來很順利的校園生活當中，發生了一件事，爲我的生活興起了些許漣漪。

當時，對於這所學校的生活還不太習慣的我，處於無法決定要加入哪個社團的狀態。

其實鯉之窪學園這所高中裡，如果把登記有案的和沒有申請登記的社團全部加起來，數量可是相當可觀的。

以體育類來看，就有棒球社、柔道社、游泳社等主流的體育社團，當然這些都是學校認可的。

手毽社、卡巴迪社、截拳道社等這些就是未經學校核准的社團了。

藝文類社團的話，話劇社、攝影社、管樂社等，是在學校登記有案的。

前衛舞台劇團體「魑魅魍魎」、搖滾樂團「NO REGRETS」、環保團體「自給自足」等，則是未立案的社團。

當然，像是飆車族團體「罵詈罵詈」之類的，更是未核准——應該說根本就是不合法的。

總之，鯉之窪學園有很多怪社團這件事是出了名的。要是不小心被哪個牛鬼蛇神的社團抓了進去，美好的校園生活豈不就要白白浪費掉了？我再三深思熟慮，慎重地精挑細選之下，得到的結論是——文藝社。

總之，我去敲了「文藝社」社辦的大門。

「叩叩——」

「喂~是哪位呀？」

門的彼端傳來一句有氣無力的應門聲，門也同時應聲打開。兩位學長出現在我的眼前：一位身穿整齊的立領學生制服；另一位則沒穿學生服外套，只穿一件襯衫，胸口還有兩顆鈕扣開著，看起來像是故意沒扣上的。

「請問一下，這裡是文藝社的社辦對吧？」

「嗯。」身穿立領學生制服的學長很有威嚴地開口說。

「這裡是文藝社的社辦，如假包換。」

「嘿啊。」襯衫男不知道爲什麼操著關西腔。

「這裡確實是文藝社的社辦的啦！門口的招牌也寫著『文藝社』呀。」

這時候我應該就要警覺到才對——警覺到這兩個人那番含混的說詞背後，巧妙地掩飾了他們的邪惡企圖。

不過，當時懵懵懂懂的我，完全不疑有他，便很老實地將自己的來意說了出來。

「我想加入文藝社。」

「哦，是嗎？」立領學長嘴邊露出一抹謎樣的笑意。

「你喜歡看書是吧？」

「呃，還可以。」

「不過書也有分很多種的咧。你舉個例子，說說你喜歡的是哪種書吧？」

襯衫男這個不著邊際的問題，讓我苦惱了一下。

「啊？問我喜歡什麼書嗎？這個……我喜歡的書本……喜歡的書本——格鬥類的吧。」

現在仔細回想起來，這時含糊帶過的我，簡直就是犯下了致命的失敗。這兩位三年級的學長對看了一眼，說：

「喂，你剛聽到他說什麼了吧？」

「嗯，聽到聽到，一字不漏地聽進去了。」

「喜歡本～格」

「喔！本格耶！」

「沒想到竟然能從一個初次見面的二年級學弟口中，聽到這個字眼！」

「所以我們社團倒也不是完全跟不上時代的咧。」

兩位學長就像是聽到了什麼天大的機密一樣興奮，而我卻還不明究理。

我到底是說了什麼？而他們又是聽到了什麼？立領制服學長彷彿是要解答我的疑惑似的，接著說：

「你剛才確確實實地在我們面前做出了本格宣言啦！」

有嗎？我無可無不可地撇了一下頭。

「不好意思，兩位說的『本格』是什麼東西呀？我喜歡的是格鬥小說……」

「我知道。你不用把話說完。」

立領制服的三年級學長打斷了我的問題。

「這一點就由社長，也就是我本人來說明吧。」

自稱是社長的學長（這時，我還有點懷疑這個人到底是不是「社長」？）手拿著筆，站起身，在社辦一隅的白板上，大大地寫上「本格」這兩個漢字。這點難度的漢字，高中生應該都寫得出來。

「其實應該是不需要我贅言才對，所謂『本格』的『本』呢，就是貨眞價實的意思。同時，『本』這個字，也被用在『書本』這個字彙上。」

「嘿啊，提到書本，當然指的就是BOOK了唄。對輸？你應該也是這樣想的輸？」

「沒、沒錯。」我也小聲的應和。

然而，嚴格說起來，我覺得本格的「本」和BOOK應該是沒有關係的。不過，社長完全沒有留下讓我發問的空檔，就繼續說明下去。

「那麼，本格的『格』字又是什麼意思呢？你看著這個字，有沒有發現什麼蹊蹺？『格』這一個字當中，蘊涵的是什麼意思？你應該知道才對。我記得你喜歡的書本是格……」

這一瞬間，我恍然大悟。我突然覺得眼前的「本格」二字，閃耀著前所未有的光芒。

「莫、莫非本格的『格』字，代表的就是格鬥技的『格』！」

我還眞是白痴。本格的「格」怎麼可能會和格鬥技的「格」一樣呢？

但這時社長卻帶著一臉滿意的表情，說：

「完全正確！」

不知道爲什麼當時我完全沒有發現自己說的話錯得離譜。

襯衫男背對著我，肩頭一直微微抽搐，不知道究竟是在哭還是在笑。我想他包準是笑得眼淚都飆出來了吧。

社長又繼續說了下去。

「你剛剛已經一語道破了解答，所謂的『本格』，正如字面上所示，就是一種貨眞價實的格鬥技。那麼，這種貨眞價實的格鬥技，會在什麼地方展開拳腳呢？不是在四方形的擂台上，也不是在圓形的相撲土俵上，當然也不是在五十公尺的游泳池裡或四百公尺的跑道上，更不會是在花園的草坪上或甲子園的紅土上。唯一適合它存在的地方，就是書本裡。在書本裡，透過鉛字一步步發展下去的鬥智過程，才配得上『格鬥技』這個名號。所以，除了書本裡以外，它在任何地方都不可能出現。換句話說，『本格』指的就是貨眞價實的格鬥技，更是書本裡的格鬥技。而我們會給參與這種智力格鬥的人一個稱號，稱他們爲『偵探』。最後在格鬥當中勝出的人，我們會獻上一個至高無上的榮譽——也就是用『名偵探』這個稱號來盛讚他們！怎麼樣，學弟，你不想現在就成爲偵探社的一員，進入貨眞價實的格鬥技——也就是本格的世界裡，一窺堂奧嗎？」

現在回想起來，當時完全沒有察覺到事有蹊蹺的我，還眞是令人大嘆不可思議——這時社長就已經擺明大膽地使用了「偵探社」的名號，光明正大地邀我入社啊！對此，我也很明快地回答：

「我完全明白了！請務必讓我加入各位的行列！」

「很好，那就馬上來辦理入社手續。在這裡填上地址和姓名，這裡寫班級和座號……好了，你正式成爲社員了！」

就這樣，被釣上勾成爲社員的我，就這樣在「文藝社」的社辦裡，簽下了加入「偵探社」的入社申請書，而且是我自願的（話可以這樣說嗎？）現在回想起來，只覺得這當中一定出了什麼差錯。

可是，我卻沒有資格怨恨這兩位學長。因爲在這一連串的過程當中，他們從來沒有自稱說是文藝社的人，所以「打著文藝社的名號，誘騙學弟入社」這件事自然也就不存在了。他們充其量也只不過是在文藝社的社辦裡，很自在地待著而已。有錯的話，也只能怪把他們認定爲文藝社社員的我了。

總而言之，我是在填完入社申請書的當下，就被告知自己已成爲偵探社的一員，而不是文藝社。儘管我覺得自己被擺了一道，卻也爲時已晚，於事無補。況且我也沒有這個天大的膽子，敢一轉學進來，就和三年級的學長們起衝突。

立領制服學長對著失望的我，伸出了右手說：

「我是偵探社的社長，多摩……不妙！」

自我介紹到一半，立領制服學長突然停了下來，做出察探四周狀況的樣子。我和他們一樣，側耳仔細一聽，才發現有陣喧嘩聲正朝著這個方向過來。一直操著關西腔說話的學長，用還算氣定神閒的聲音說：

「好像是文藝社的社員們回來了咧。」

「嗯，好像是喔。」

立領制服學長不知道爲什麼，一邊點頭同意，一邊打開了窗戶。

「喂！你呀，要是不想被文藝社的人『蓋布袋』痛揍一頓的話，最好跟著我們過來。」

「啊？」

還沒有搞清楚狀況的我，不明究理地應了聲。說時遲那時快，文藝社的社辦大門，被眞正的社員們用力猛然推開了！文藝社的社員看到我們三個人待在社辦理，不約而同地露出驚訝和憤怒的表情。

「靠～」「你們這些豬頭！」「又偷跑來我們社辦！」「誰准你們隨便用我們社辦的！」「上次已經說沒有下次了！」「這次絕對不會善罷甘休！」

一群總共五、六個人，有男有女，堵在社辦門口。

從他們盛怒的口氣，我發現了一件事：原來剛才那兩個偵探社的社員，是「擅自佔用文藝社社辦」的慣犯。

再者，最令我煩惱的是，他們把我也算進了「你們這些豬頭」裡面。就算我再怎麼解釋，在這種狀況之下，恐怕沒有人有興趣聽。

被逼上絕路的我，看了立領制服學長一眼。意外的是，他的腳已經跨在剛才打開的那扇窗戶的窗框上，擺出準備要跳出去的姿勢。在窗框一旁等著要跟在社長後面的襯衫男，也已經準備妥當了。看來他們是打算要走爲上策了。

立領制服學長狂笑一陣，接著撂下一句好像在什麼地方有聽過的台詞：

「哇哈哈哈哈！」

「文藝社的諸位，後會有期！」

立領制服學長翩然地翻過窗框去。接著，襯衫男也二話不說，就輕盈地穿過窗框逃逸。剩下的我，已經沒有選擇的餘地了。我也像兩位三年級學長一樣，腳跨上窗框，縱身向外一躍。

「哇，哇，哇啊！」

等我回過神來的時候，一切都已經太遲了。文藝社的社辦在二樓，而這時我的身體已經浮在半空中，接下來就只能隨著地心引力掉下去而已。

突然，即將結束短暫生命的我，腦海裡出現了一幅很鮮明的影像：我用很不自然的姿勢，墜落到地面上。然而……

歪腰～

「？」

我的身體竟然不是撞在硬邦邦的地面上，而是在落地前「歪腰」地反彈了一下。我的身體在空中畫出了一道小小的弧線，然後才墜落到地面上。

「好痛！」

我的屁股先落地。不過，我竟然奇蹟似地毫髮無傷。我睜開眼睛，看清楚救了我一命的「歪腰」究竟是什麼。

原來在文藝社社辦窗戶的正下方，種滿了一排的杜鵑花。這所學校裡杜鵑花很多，不管是沿著教室建築物的一整排也好，或是校園各處，就像是被一個個的托盤覆蓋住似的，到處都種滿了爭奇鬥豔的杜鵑花。杜鵑花富有彈性的枝葉，就像是個軟墊似的，讓從天而降的我保住一條小命。

真是個奇蹟……不對，這不是奇蹟。比我早一步跳下來的那兩位學長，一定早就事先知道，才會跳下來的。換句話說，這種小小的冒險，他們應該也是慣犯才對。這兩個到底是什麼怪咖呀！

立領制服學長又再次對著啞口無言的我伸出了右手。

「我是偵探社的社長多摩川，全名多摩川流司。以後就叫我社長吧。」

襯衫男也跟著說：

「我是社員八橋啦，全名八橋京介，請多關照唄。」

我就在這樣茫然若失的情況之下，接連和兩位學長握了手。

「我的名字叫赤坂通，叫我阿通就好。請多關照。」

我到底是要請他們關照什麼，連我自己也完全搞不清楚。

第一章　在密室裡的第一天

一

不論原因是什麼，總之我就只得每天過著身爲偵探社一員的日子。

話說回來，「偵探社」到底是個什麼玩意兒？

我向兩位學長拋出了這個疑問，但卻沒有得到一個統一的答案。多摩川總統[1]很慷慨激昂地說：

「我們偵探社呢，可不單單只是一堆推理迷聚在一起，滿街都有的那種軟弱社團而已。我們可是社如其名，是偵探所組成的團體，以進行偵探活動爲宗旨，是一個爲了讓偵探們能進行偵探而成立的偵探俱樂部。」

另一方面，八橋學長則用很冷淡的口氣向我說明：

「我想本來社團應該是叫做『偵探小說研究社』之類的名字唄，不知不覺當中，『小說研究』的部分就消失掉了。」

註1：主角消遣多摩川喜歡演講的性格，稱呼他「總統」。

簡而言之，本來這個社團，就只是一些熱中推理小說的人所組成，基本上就是屬於社長口中所說的「單純一堆推理迷聚在一起，滿街都有的那種軟弱社團」的一種。

那麼，「本格」又是什麼呢？

我又再鼓起勇氣問了兩位學長這個問題，但卻也同樣沒有得到一個統一的答案。

「所謂『本格』呢，就是描述一個用很有邏輯的思考方式，去解決眼前那個出色謎題的過程。也就是一個僞裝成小說形式的塡字遊戲，更是一個假扮成故事的益智遊戲。」

多摩川社長說得很理論。相反地，八橋學長說得很憑感覺：

「有個名偵探在小說當中大展身手的就是本格的啦。要是還出現超脫常軌的凶手、絕世的美人、詭譎的豪邸、血跡斑斑的傳說等等，那就更棒了咧。」

我很難想像他們兩個人講的是同一件事。

或許是我這個「本格」的門外漢，沒辦法一下子就聽懂學長們講的話吧。

我聽了學長們的建議，開始讀「昆恩系列」和「福爾摩斯系列」，轉眼間四月就過完，來到了五月中旬。順帶一提，推薦我看前者的是社長，後者則是八橋學長介紹的。

接著，來到了我永生難忘的、左右我命運的這一天——五月二十號，星期三。

這天，關東地區受到一個不合時節的颱風侵襲所影響，是個天氣變化莫測的日子。

這天上午的雨勢還算普通。到了下午，雨勢轉爲傾盆暴雨，強風不停地吹襲，升旗台上的金球被吹得像單擺似的左右搖晃。然而，到了接近傍晚時分，景象倏忽一變，天空是颱風過後特有的那種雨過天青；灑落下來的陽光，把被雨打濕的一片新綠映照得更顯鮮嫩欲滴。日落之前的六點半，天空已被染成一整片的茜草紅。

校園裡當然是一片放學後的景象。

要是平常的這個時候，操場上會有足球隊、田徑隊的選手在來回奔馳；棒球場上則會有棒球隊的人不斷地上演令人噴飯的球技。不過，今天卻完全看不到這樣的光景。受到豪雨的影響，紅土操場已經完全泡在水裡。而早就死心放棄在戶外練習的體育社團，旗下的社員們也大都已經離開學校了。

然而，這裡還有一群年輕人，絲毫未受到豪雨的影響，一邊眺望著夕陽，一邊努力地在進行社團活動。這群人不是別人，就是沒有社辦的遊牧民族——隸屬於偵探社的三個人。

日暮時分的第一教學大樓樓頂，一場名爲「特訓」的討論，正進行得如火如荼。

討論的主題是「密室」。多摩川社長高談著他的推理知識，一下談《本陣殺人事件》[2]，一下又談《斜屋犯罪》[3]，然後接著講了一下卡爾[4]，又跳到霍克[5]，一副相

註2：橫溝正史開創本格推理風潮之作，也是名偵探金田一首度登場的作品。
註3：島田莊司著，結合「密室殺人」與「不在場證明」的本格推理名作。
註4：約翰・狄克森・卡爾（John Dickson Carr），推理作家，被譽爲「密室之王」。
註5：愛德華・霍克（Edward D. Hoch），當代創作最豐富的短篇推理作家，被譽爲「短篇推理之王」。

當如魚得水的樣子。但這些內容對於開始認眞讀本格推理小說才一個半月的我來說，幾乎全都是鴨子聽雷。因此，當社長的口中提到了「SISEI殺人事件」的時候，我不禁開口問了這個問題：

「《姿勢殺人事件》是什麼樣的一部作品？」

別誤會了，它可不是一部描寫駝背男被殺害的故事。正確的作品名稱是《刺青殺人事件》[6]，是以「密室殺人」爲主軸的推理小說當中，一部相當具有代表性的作品。

「可是呀，你密室、密室講了老半天啊，」八橋學長好像已經聽膩了社長的長篇大論，於是忍不住插嘴。

「說穿了，密室這種東西呀，被打開了就玩完了吧？只要密室一被破解開來，就會發現竟然不過就是這樣而已咧。這裡有個密室，然後凶手就是這樣這樣犯案的，好，結束收工。講白一點的話，密室的情節就都是這樣的啦，沒有什麼值得大驚小怪的，對不對？重點不在機關巧妙，而是邏輯。安捏共對不對？」

「才不是！」多摩川社長直接就開炮反駁了。「密室才是本格推理之花！密室才是本格推理的基礎，是本格推理當中的夢想。密室才是本格推理之花！」

「你剛才『本格推理之花』是不是講兩次了啊？」

註6：姿勢、刺青的日文皆讀作SISEI。《刺青殺人事件》爲高木彬光一九四八年發表的處女作，被譽爲推理經典。

「怎樣？要我再多講幾次送你都可以！」社長用一隻手指著已經轉暗的天空大聲咆哮。「你給我聽好，棒球先生長嶋茂雄曾經說過：『棒球這種運動就是人生的全部』。那我們也可以說『密室這種運動就是本格推理小說的全部』。對吧？阿通！」

「啊？什、什麼？」

當下，我的腦子裡面突然一片空白。「密室」是一種運動喔？不是上了鎖的房間嗎？在思路一片渾沌之餘，我脫口說出的，是這樣一個單純的質疑：

「啊……請問『密室』到底是什麼？」

我們的社團活動時間，就這樣長時間地進行下去，沒完沒了。

不知不覺間，本來將西邊天空染上晚霞的夕陽，已經躲到了武藏野台地後面去了。我這才發覺夜幕低垂，照在屋頂上的水銀燈光，顯得相當地刺眼。

颱風侵襲過後，原本還有陣陣強風吹來，到了這個時候，也都已經完全平息了。有一架直升機，正帶著螺旋槳轉動的聲響，劃過夜空。

時間已經來到將近晚間七點，是乖寶寶早就應該要回到家的時間了。實際上從屋頂上往操場放眼望去，的確也已經找不到人影了。

「搞什麼東西呀，我們好像是被遺忘在這裡的咧。」

八橋學長此話一出，我和社長也不發一語地點了點頭。

接著，有一道細小的光線射了過來。這道光宛如一道聚光燈，投射在我們——這三個在黑暗裡鬼鬼祟祟的人身上。

「喂！你們幾個，這麼晚了還在這裡幹嘛！」

有個拿著手電筒，身穿工作服的小老頭出聲質問。說話的人是這所學校的工友，這位名叫堀內辰之助的工友伯伯，已經跟我們偵探社三人都很熟了。

「老大，是我們啦！不是可疑人物啦。」

社長舉起了一隻手，向他打了聲招呼。

「我說堀內伯伯，這種時間你拿著手電筒做什麼呀？這麼早就在做夜間巡邏啦？」

「呿！是你們這幾個小子呀？眞無趣。」

堀內伯伯小聲地嘖了一聲，便把手電筒的燈光從我們身上移開了。

「不過呀，這種全身汗毛都嚇得豎了起來的感覺，可讓我想起當年啦！沒錯沒錯，當年就是這種感覺。深夜的教學大樓裡，嘎嘎作響的走廊，空無一人的教室，窗簾的影子，手電筒的光線，可疑人物的體溫，盪漾在黑暗當中，步步近逼的恐怖，滴下的汗水，半掩著的門——『誰、誰呀？是誰在那裡呀！』——」

「就跟你說了是我們了啊。」

社長擺出了一副無可奈何的表情，又再說了一次。

「我知道是你們啦。我只不過是在回想當年，那個充滿緊張刺激和懸疑的美好古早時代而已啦。想當年，夏天值夜班巡邏的時候，氣溫明明就超過攝氏二十五度，但教學大樓裡還是寒氣逼人。尤其是理化實驗室，特別恐怖。還有冬天晚上值的過夜班也很令人難忘，頂著低溫邊發抖邊吃的那一鍋常夜鍋[7]，滋味是特別鮮美啊……」

「——看來可怕的應該只有夏天唄！」

聽了八橋學長無心的喃喃自語，我也不禁點了點頭。因為聽起來冬天確實好像是很愉快的樣子。

另一方面，多摩川社長很順理成章地問了一個問題。

「不過，夜間巡邏和過夜值班之類的工友業務，在我們這所聘有專業警衛常駐的學校裡，好像已經不需要執行了吧？」

「喔，的確，是像你講的沒錯。可是呀，這裡問題就來啦。最近啊，聽說有越來越多牛鬼蛇神，假扮成我們學校的學生，混進校園裡來啦。」

這句話的關鍵在「愈來愈多」。換句話說，也就是以前就有人會潛入這所學校。不過，就連轉學進來才一個多月的我，也很清楚他們潛入學校的主要原因。

「都是那些藝人的粉絲吧。」

我無意隱瞞，在我們鯉之窪學園裡，有一個還蠻像樣的演藝班。演藝班裡有很多明星，或是一些還在等熬出頭的培訓藝人。仔細想想，這個班級確實是一個很特殊的環境。不管那個班級怎樣，至少在我們學校裡，會發現走廊上迎面走過來的那個戴著超俗眼

註7：以昆布為湯頭，加入豬肉、菠菜、大白菜的簡單鍋物。因營養豐富，吃了不易疲憊，故名常夜鍋。

鏡的女生，仔細一看，竟然像是桐原里美[8]；又或者在體育館後面拿著掃把在掃地的那個女生，竟然是相川詩織之類的。

不過，雖然看得到名人，但可千萬不要以爲看得到就吃得到。隨隨便便就想跟這些明星們搭訕幾句什麼的，門都沒有。重點就是不能用對待明星的態度，來和這些明星相處。而這一點，在這所學校的學生們之間，儼然已經成爲一條不成文的規定。

我多少可以理解爲什麼要有這條規定——一則是這些明星藝人們會由衷地希望「至少在學校裡，可不可就把我當成是一個普通的高中生來看待？」再者是一般同學們（特別是女生）會嫉妒，覺得「那些女生和我們，到底有哪裡不一樣嘛～」所以，對於這兩種身處於不同世界的學生來說，還是彼此都不要有特殊待遇最好。

不過，偶爾還是有些豬頭會打破這個不成文的規定，對藝人同學們表現出過度的關注。這些人會在演藝班教室前面徘徊，或者死纏爛打地要藝人讓他們拍照，甚至是直接大膽地開口說出「你的××可不可以讓我○○」之類的話……。有時候學校老師們覺得實在是過火到了有點可疑的時候，就會把這些人抓起來查問。不問還好，一問才發現這些擾亂分子很多都是裝做一臉若無其事的樣子，大搖大擺地混進學校的校外人士。這些人（大多是男的）的行徑，不外乎是因爲內心充滿著不正常的偷窺欲望，才會想要偷窺自己喜歡的藝人在學校的生活樣貌。

註8：日本新生代AV女優。

只要一發生類似的入侵事件，校方就會加強警衛工作，但這些不法之徒還是會不斷地再開發新的路線，然後潛進學校裡來。結果，目前的校園警衛工作，還是只能停留在「打地鼠」的狀態。

而這種類型的非法闖入人士，似乎又呈現越來越多的趨勢。

「這麼說來，的確最近藤川美佐也開始竄紅起來了咧。有這種爆紅的明星，想必非法闖入的人又會因此增加不少了唄。」

一聽到八橋學長提的這個名字，我馬上就覺得他的說法很有道理。藤川美佐，光看到她現在那種走紅的程度，如果說非法闖入者是因爲她而突然爆增的話，我想任何人都會同意。藤川美佐是因爲今年拍了一支音響廠商的廣告，才迅速竄紅的美少女藝人。我也在校園裡看過她——身穿制服的她，看起來就是個和身邊女同學沒有什麼不同的普通高三生，不過長得確實是有比較可愛一點。

「我完全明白了。不過呢，這樣說不知道會不會有一點冒犯。」

多摩川社長對眼前這位身穿工作服的老人，從頭到腳上下打量了一番之後，說：

「就算堀內伯伯以前有再多神勇的事績，可是到現在都還讓伯伯在這裡執行夜間巡邏，不禁令人要大嘆這所學校的警衛工作，做得實在是太鬆散啦！」

「哪有法度呀？這就是我們學校長年以來的校風呀。你們也不想在像監獄一樣，連一隻老鼠都爬不進來的學校裡面讀書吧？再說呀，要是眞的那麼滴水不漏，你們可就不能再溜出校外，去『河馬屋』享受大嚼好吃燒的快感了咧。安捏你共對不對？」

不愧是工友堀內，這所學校裡的什麼大小事情，全都掌握在他的五指山裡。對這所鯉之窪學園的學生們來說，去河馬屋吃東西，是校園裡最刺激的事情之一。順便解釋一下，「河馬屋」是一家在學校後面的好吃燒[9]食堂，也有賣章魚燒，不過沒有賣河馬燒，店裡也沒有河馬。

「總而言之，就是因爲有這些事情，所以你們也要小心點，不要被當成變態了嘿。況且你們偵探社喔，平常就已經被當作是危險人物聚在一起，學校都有在盯你們了。好啦好啦，差不多該是要鎖樓頂門的時候了，阿你們還想留在這裡喔？」

我們當然不才想被鎖在屋頂上一整晚。於是我們陪堀內伯伯一起在屋頂上巡了一圈，確定屋頂上都已經沒有人之後，堀內伯伯關掉了水銀燈，鎖上了屋頂出入口上的門鎖，便全員一起從大樓的中央樓梯下樓。

二

第一教學大樓是鋼骨結構的三層樓建築。從屋頂上下樓之後，馬上會抵達的當然就是三樓。三樓的走廊已經暗了下來，但也不致於暗到一片漆黑。

註9：日式鐵板煎餅。

從大樓的中央樓梯下樓，來到三樓之後，在向右延伸出去的走廊上，看得到些許微光——因爲有幾盞日光燈的光線，從教室拉門上的小窗裡透了出來，灑落到走廊上。我們這才發現，原來還有同學或是老師留在教室裡。

亮著燈的教室只有一間。

堀內伯伯帶著很驚訝的表情，站在從中央樓梯下來之後的右手邊第二間教室前面。這間教室的編號爲「一—三〇三」，是廣播視聽室。

在這裡順便說明一下，教室編號開頭的「一」，指的是第一教學大樓的意思。後面的「三〇三」則是用來表示三樓第三間教室的意思。

「這麼晚了，還有誰會待在廣播視聽室咧？」

堀內伯伯一邊從門上的小窗窺探教室內的狀況，一邊用拳頭敲門。

拉門馬上打開了。出來應門的是一個年輕男子，長得一臉凶悍——不過，說是「年輕」，但跟我這個高中生一比，這個男子可就年長多了。看起來大概是三十歲上下的人吧？從他的年齡和樣貌看來，應該是個老師，不過我不認識。站在我身邊的八橋學長，湊到我耳邊小聲告訴我：

「島村祐介，是教三年級歷史的老師啦。」

這位歷史老師，爲什麼這麼晚了還會待在廣播視聽室呢？該不會是在沒人打擾的廣播視聽室裡，一個人偷偷在看A片吧？

然而，這只不過是我個人下流的猜測。廣播視聽室裡的兩台電視螢幕上，一台播放的是第二次世界大戰，一台則是在轉播棒球賽橫濱對阪神。我的期待落空了。

堀內伯伯一如平常地跟他說起話來。

「哎呦，原來是影視研究社的島村老師啊。」

島村好像是影視研究社的指導老師，所以他一個人出現在廣播視聽室，倒也沒有什麼值得大驚小怪的。

「老師是不是在趕什麼工作啊？」

島村拿起了手邊的錄影帶，說：

「嗯，算是吧。我在剪一卷上課要用來當教材的影片，結果一不小心就搞到這麼晚了。不好意思。」

看著眼前鞠躬道歉的島村，我家的社長還不識相地補了一句：

「講這麼多，老師該不會是在剪什麼不能被師母看到的片子吧？」

島村的眉頭一皺，說：

「你在亂想什麼下流的東西！」

我的心情變得有點複雜，好像是我被老師喝斥了一聲似的。

「已經過了七點鐘了咧，老師的工作是不是也差不多暫時該告一段落了呀？」

「是沒錯啦，不過我這個東西今天一定要做出來，可不可以讓我再做一下子？再三十分鐘左右就夠了。啊，如果是要關窗鎖門的話，您大可以放心，我會負責處理好。」

被老師這麼一說，堀內伯伯好像也不便再強勢地要求，就只叮嚀了一句：

「那，老師要回家的時候，請別忘了要把門窗鎖好，然後把鑰匙還給警衛室。」

島村祐介很有禮貌地鞠躬說了一句「謝謝您」，對堀內伯伯的體諒表示感謝之意。

於是島村祐介就一個人繼續留在廣播視聽室，我們也離開了三樓。

二樓還有兩間教室透出了光線。

其中一間是從樓梯下來右手邊的第一間，教室編號是「一─二〇四」。在教室門口掛著一個白底黑字的招牌，上面寫著「自習室」。不過，寫著「自習室」的這個招牌，老實說帶著相當程度的誇大──這所學校的學生都知道，這裡實際上根本就是個「補習教室」。

社長用帶著幾分演技的聲音嘆了口氣，說：

「啊啊～今晚又有無力逃脫的小羊，被慢性欲求不滿的老師們，打著課後輔導的名號，用蠻不講理的屈辱一刀刀宰殺，成爲牲禮啦～我佛慈悲，我佛慈悲。」

「你以爲我們這是什麼怪學校的啦？不就只是在課後輔導而已唄？」

「不不不，不只是這樣唷。」

堀內伯伯壓低了音量，爆出了極爲機密的內幕。

「很～偶爾會出現幾個眞的在自習的同學唷。」

還眞的有呀？我大感意外。

我們一行人帶著很有興趣一探究竟的嘴臉，敲了敲教室入口的門。來開門的是一位看起來年約三十五、六歲的男子。我對他的長相有印象。

本多和彥，我記得他是個數學老師。我沒有給他教過，不過倒是有聽說過他是個熱血青年——據聞他當學生的時候很認眞地練過體操，所以直到現在，他的體格還是以勻稱著稱，是一位幾乎要讓人懷疑他爲什麼沒去教體育的老師。至於是不是多摩川社長口中的「慢性欲求不滿的老師」，這一點我就不清楚了。

「老師好像還在幫同學課後輔導，不過可不可以借一步說話……」

堀內伯伯正打算要提醒老師注意安全，但本多卻揮了揮手，說：

「堀內伯伯，你要講什麼我都知道。你想說『已經超過七點鐘了，給我差不多一點』是吧？時間確實是已經很晚了，不過她很少有機會來課後輔導，可不可以再讓我教她一下？你放心，我不會忘記關窗鎖門的。」

說完，本多又回到了自習室裡面去。就在教室門被從裡面關上之前的片刻，我們三個人從堀內伯伯的身後瞄到教室裡一眼。

我們想親眼看看被「打著課後輔導的名號，用蠻不講理的屈辱一刀刀宰殺」的小羊。

今天的小羊，看起來是一個很文靜的美少女。一看就知道是演藝班的同學——剛才本多說的話，多少也已經暗示了這件事。確實她長得很面熟，好像在哪裡看過，不過就是想不起她的名字。

「那是演藝班三年級的西野繪里佳唄？」

「嗯，的確是她沒錯。」

兩位學長對著已經關上的教室門說。

「我沒聽過這個名字，不過應該是有看過這張臉。學長說她是演藝班，那不就是藝人了嗎？」

「不，與其說她是藝人，更正確的說法應該是演員才對咧。你應該是看到她在連續劇或電影裡演配角了唄？」

「嗯，西野在一般觀眾當中的知名度還很低，不過，比起一些很差勁的藝人，西野還算是很有明星光環的明星。至少她戲演得好，也很愛惜自己的羽毛。」

「你西野西野地說個沒完，你是跟西野繪里佳有多熟啦？」

「哼！」社長的表情突然變得很認真，說：

「三年級的女生都是我朋友，當然西野也是囉。你有什麼不爽？」

「沒有，我哪敢不爽啊。」

看著社長沉醉在萬般幸福的錯覺當中，八橋學長顯得很無可奈何。好吧，反正社長就是個會把虛構的名偵探說得像是住在他家隔壁的鄰居似的人，把三年級的女同學都當成自己的朋友之類的小幻想，在他身上也很有可能出現。

接著，在二樓還有一間透出光線的教室。這間教室位在從中央樓梯下來之後的右手邊第三間，教室編號是「一－二〇二」。它是學生會幹部們才能使用的「學生會行政辦公室」。

簡稱「學生會辦」。

這裡是一個聚集學生會長和副會長、各班的學生會委員長，以及社團活動的各社社長等等的地方，簡單來說就是聚集校內所有「長」字輩的人物，進行學生自治活動，是一個相當神聖的空間。

堀內伯伯走到這間教室前面，一邊從教室拉門上的小窗往裡探查，一邊敲了敲門。前來開門的是多摩川社長的朋友，也就是三年級的女同學。

她是鯉之窪學園的學生會長，櫻井梓。

在朝會或校內的各大活動當中，我已經看過這張臉好幾次了。她的五官端正，輪廓讓人看一眼就會印象深刻；她的眼睛裡閃爍著知性的光芒，眉宇之間訴說著她的執著；她的一頭黑髮上，沒有過多裝飾，相當自然。她最大的長處，就是她那勇往直前，毫不退卻的態度。

「哎呦，這不是學生會長大人嗎？」

「啊，堀內伯伯好……這幾位是？」

櫻井梓逐一地打量了在堀內伯伯身後站成一排的我們三人。

「？？？」

她很明顯地露出了一臉迷惘的表情。我很清楚地看到她那張漂亮的臉蛋上，出現了三人份的「問號」。

「你們想做什麼？」

社長不知道爲什麼要用想吵架的口氣，回答櫻井梓的問題。

「『想做什麼』這種說法，未免也太沒有禮貌了吧，櫻井？我們只是剛好結束神聖的社團活動，正要踏上歸途。妳有什麼意見？」

「我沒有任何意見……社團活動指的是那個『偵探小說研究社』的活動嗎？」

「不是『偵探小說研究社』，是偵探社。」

「嗯～你們不做『小說研究』啦？」

「正是！不對，不是！又不對……咦？到底是怎樣才對？」

還眞是個靠不住的社長。我們的社團叫「偵探社」，活動的內容類似「偵探小說研究社」，實際上就只是幾個喜歡推理小說的同好聚在一起而已。簡而言之——

「哪樣都可以啦！」

八橋學長莽撞的一句話，倒也還蠻接近事實的。

「言歸正傳，」堀內伯伯把話題拉了回來，

「學生會長大人呀，還不回家喔？都已經過了七點了耶。」

櫻井梓把頭垂得很低。

「不好意思，請再讓我留一會。我在寫下次開會要發給大家的資料，再三十分鐘左右就可以結束了，拜託拜託。」

「嗯～做資料啊？說、說得一副很了不起的樣子。資料我們也會寫呀，只是沒有發表的機會而已……」

「喂，流司，」八橋學長不知道爲什麼情緒有點激動，拍了拍社長的肩膀。

「她說的資料和我們說的資料，是不同層次的啦！再爭下去也只是讓我們更無地自容而已，不要再跟她硬碰硬啦。」

「哎呀！你放開我啦，八橋！」社長把八橋學長的手撥掉。

「能在這裡碰上，也算是狹路相逢呀！喂，櫻井！不對，是學生會長，櫻井梓！」

「怎樣？」

「妳給我聽好，我，偵探社社長多摩川流司，在這裡要求學生會長櫻井梓，正式回答那件一直懸而未決的事情。怎麼樣，櫻井梓？妳的答覆是？」

我緊張起來了。社長口中說的「那件一直懸而未決的事情」，究竟是什麼？

「正式回答那件一直懸而未決的事情……？」

「『那件事情』，指的該不會是你說『請跟我交往』那件事吧？那件『懸而未決的事情』，我國二的時候應該就已經很清楚地拒絕過你了，多摩川同學。你該不會是忘了吧？」

「妳～妳～妳白痴啊！我問妳的不是那件事啦！妳搞清楚，都已經過了多久了，誰還會想問妳那種遠古時代的事情啊！」

八橋學長和我立刻包圍住社長。

「社長，我想知道社長國中的時候和學生會長之間，究竟發生了什麼事情？」

「這件事情我也是現在才聽說的咧。給我從實招來。你向櫻井梓告白說要在一起，結果卻被拒絕？這到底是怎麼一回事？」

「那種事情你們不必知道啦！豬頭！」

社長不知道是不是爲了要掩飾他的害羞，總之就是拚命地朝著我和八橋學長的頭猛打，以圖能夠力保他身爲社長的尊嚴。另一方面，櫻井梓則是做出稍稍地歪著頭的動作，說：

「不是這件事啊？那麼『那件一直懸而未決的事情』，到底會是什麼事？」

「不是啦！是社團的事情啦！」

「該不會是你要求正式承認你們社團，然後給你們一間社辦的事吧？」

「對啦！這一件、這一件啦！」

什麼嘛！原來是這件事呀！話說回來，這確實是我們社上一直懸而未決的事情。

「不必再白費唇舌了。」櫻井梓沒好氣地說。

「最基本的，你們連個指導老師都找不到吧？」

「哼哼哼，這點就不勞妳費心啦！已經有某位老師答應要當我們的指導老師了。這樣就符合妳的條件了吧。」

「哎呀，還眞有這種怪咖老師呀——不過，還是不行喔。你們社團又沒有具體的活動內容，只是一小撮人在屋頂上聊聊推理小說，聊得自己很高興，這樣根本就算不上是高中生的社團活動嘛。你聽懂了沒有？」

「再怎麼樣都不行嗎？我可以稍微做一點讓步喔。」

「讓步？」

「例如說，不用核准我們成爲正式的社團也沒關係，但交換條件是要給我們一間社辦，就這樣說定了吧。怎麼樣，條件很優吧？」

我和八橋學長又再次包圍了社長。

「等一等，社長，你這種讓步不太對吧？」

「嘿啊，只要有社辦就可以了喔？你這樣是打算要出賣社團的靈魂去換社辦喔？太沒志氣了吧？志氣志氣！」

連自己人都跳出來反抗，這讓多摩川社長的陣腳大亂。

「不是啦！亂講什麼。我不是……那個……意思……」

另一方面，沒想到自己竟然得要站在這裡聽這麼大一段的櫻井梓和堀內伯伯，自動把對話做了個結尾。

「那學生會長大人，要回家的時候記得要把門窗鎖好，然後把鑰匙直接還到警衛室去就好了。」

「好，我知道了。伯伯辛苦囉，那我先告辭了。」

櫻井梓很優雅地鞠了個躬之後，就把學生會辦的門悄悄地關上了。

在微暗的樓梯上，多摩川社長的聲音在迴盪著。

「……不是嘛，我要求的東西，最終當然是要承認我們偵探社爲正式社團，外加再給我們一間社辦呀！只不過在達到最終目的之前，我先策略性地做個讓步而已。剛才你們聽到的，都是基於這個前提之下的言論啊……」

「我瞭啦，我瞭啦！你的藉口還眞是又臭又長。這樣難怪會被甩啦！」

「沒那回事沒那回事絕對沒那回事！」

社長否定了被甩的事。他否定的方式，也是又臭又長。

就在這樣你來我往之間，我們終於走下樓梯，來到了一樓。

一樓還亮著燈的，就只剩教職員辦公室而已。堀內伯伯從門上的小窗上往裡察探了一下。

「你看看你看看，今天好像又是只剩下鶴間教務主任在加班咧。他眞的是很拚的人啦，實在是令人敬佩！」

堀內伯伯就這樣嘴裡一邊唸著，一邊自己一個人走進了教職員辦公室。難道連巡邏的過程瑣事，都得要向教務主任報告嗎？

教務主任名叫鶴間浩三，是一位五十多歲的超資深教師。我轉學進來的時候，就是由這位教務主任面試我的。這樣說起來，現在仔細回想一下，我在這所學校裡，第一個談話的對象，不就是鶴間主任嗎？我對他的印象，是一個看起來人很好的大叔。然而，既然他身負著整合全校老師們的重任，外表看起來自然還是會有一種獨特的氣質。

我們三個人在走廊上等堀內伯伯。除非有相當特殊的事由，否則我們不會自願走進教職員休息室半步。這個道理，就像是小白兔會避開大野狼們一樣。不過，即便小白兔再怎麼閃躲，有時候大野狼還是會自己靠過來，而且還是從背後奇襲。

「喂！你們這群小鬼，還待在這裡幹什麼！」

身後突然響起一陣罵聲，我們嚇得跳了起來。回頭一看，站在我們身後的，是一個輪廓方得像是拿尺規畫成的方臉老師。

兵藤賢太郎，三十五歲，單身，是我的班導師。因此，兵藤馬上從我們三個人當中，認出了我的臉，於是便像是一股腦地窮追猛打似地說：

「你們還眞是皮！上學時比人家晚來不說，可以回家的時候也不早點回去。你們是打算要拖拖拉拉混到幾點呀？喂！赤坂通，我說的就是你啦！你自己心理有數吧！」

兵藤那有如猛鬼般的視線，惡狠狠地投射向我。而我就像是在迴避他的眼神似地，躲到了八橋學長身後，八橋學長則躲在多摩川社長後面。也就是說，我們正巧是按照彼此在社上的尊卑關係，排成了一列。

站在最前面領軍的社長，代表我們三個人，試著向兵藤發難反駁：

「可、可是，這是……」

「不要再放狗屁了！」

我們什麼都還沒說。

這麼專橫霸道的老師，在當今教育界應該也算是稀有動物吧。不過，他那種讓多摩川社長連狗屁的「狗」字都吐不出來的堅定氣魄，在某種層面上也算是了不起了。

結果，兵藤就「輕輕地」摸了摸我們三個人的頭，然後說：

「還不快點滾回家！是想給我混到幾點呀？」

在他石破天驚的一聲斥喝之下，我們三個人異口同聲地回答：

「遵～命～」

不過，這一切當然都只是做做樣子而已。被唸說「快滾回家」的時候，會想說「我就偏不走」，也是人之常情。

三

當然我們三個人，也不是說有多麼喜歡待在學校。「可是，到了晚上就不一樣了」，這一點我們都一致同意。夜晚的校園，和白天上課時間、或是傍晚放學後，想必絕對是呈現完全不同風貌的異樣世界。說不上來是什麼，但就是有種「夜晚的校園裡會有事發生」的預感，所以才會覺得就這樣回家，實在是太可惜了。

那麼，我們又沒有社辦，該要到哪裡去殺時間等待夜深呢？答案是工友休息室，也就是堀內伯伯的城堡——擁有廚房、壁櫥的兩坪小房間——這裡就是我們暫時的社辦。

堀內伯伯把手電筒放在房間桌上，然後幫我們泡了玄米茶。接著他便拿起了桌上的香煙和百圓打火機，說：

「在這裡抽應該不太好唄？那你們慢慢聊吧。」

說完，人就不知道跑道哪裡去了。我們就自己隨意使用熱水瓶裡的熱水和茶壺，一邊又開始繼續剛才在屋頂上講到一半的推理漫談。

主題依然是「密室」。

「以往曾經有過各路的作家、評論家，針對『密室』下過定義，甚至還爲其中的機關做過分類。可是呀，這樣說或許各位會覺得不以爲然……」

社長壓低了音量。

「這些人的研究啊，充其量只不過是寫給喜歡密室作品的讀者，或是想創作密室作品的作家們看的東西而已。我覺得這些都不是爲了想解開密室之謎的偵探們所寫的。換句話說，這些人做的都是很學院派的工作，但卻不屬於實用的分析。再說得更白一點，過去針對密室所做的分類，只能算是寫來滿足偵探小說迷們知的好奇心而已，並沒有辦法幫助偵探在偵察過程當中找出凶手。因此，在這裡，我以偵探社社長的身分，從一個不同的觀點，提出更實用性的分類方式。當然這還只是我假設性地做出來的草案，不過我建議，與其將密室用機關屬性來分類，還不如改用『以凶手來分類』的手法。」

「用凶手來分類？」我反問。「什麼意思？」

「在密室殺人的作品當中，凶手往往因爲知道自己是眞凶，於是就會做出許多很特別的行爲。分析這些凶手的行動，我們就可以把密室推理作品分成幾個類型。例如第一種是『最先打開密室之門的人就是眞凶』類。」

「喔！這樣一講，確實是可以想到幾個這種類型的案件。」

「那這跟『第一個發現案發現場的人是眞凶』，不是一樣的嗎？」

「不，不是那個意思。簡單來說，在密室殺人的案件當中，有很多凶手是在門上動手腳的。凶手爲了避免自己動的這些手腳被識破，於是就親自把門打開。而這個動作，就是一名凶手會採取的典型行動。我再說得更具體一點吧！例如現在發生了一宗殺人案，一群人趕到案發現場，結果眼前聳立著的是一道上了鎖的門。這時候有一個人帶著斧頭出現，把整扇門都砍得亂七八糟。」

「啊！」

「這個人才是眞凶！」

「這樣就可以下定論了嗎？」

「是沒錯啦，還不能妄下論斷。總之懷疑不吃虧。」

眞是個恐怖的分類。

「第二種，『最先跑到被害人身邊去的人就是眞凶』類。」

「啊，這種我也覺得好像可以理解。凶手會假裝抱著被害人，其實是在趁機把遺留在屍體附近的證據偷偷藏起來之類的吧。」

「嗯……是也有這種情節沒錯，不過以密室來說，我們還必需要考慮到凶手有可能會大膽地採用『快手殺人』之類的手法，所以要特別留意。所謂的『快手殺人』呢，指的就是凶手會搶先靠近還沒有死的被害人——例如說被害人可能只是裝死的——然後用瞬間快手將被害人殺死，最後再讓整件事看起來就像是一宗密室殺人案。不管是哪一種手法，總之在密室殺人的案件當中，眞凶經常都是最先跑到屍體身邊去的。因此，如果在密室殺人的案發現場，有人旁若無人地奔向被害人身邊去的話，那麼我們就可以判斷這個人是凶手。」

眞的可以這樣判斷嗎……

八橋學長不停地在一旁搖頭。

「第三種，『最先主張案發現場是個密室的人就是眞凶』類。」

「？……這是什麼意思？」

「就像這樣，就像這樣。這個世界上啊，就是有很多像阿通你這樣，對密室完全不敏感的人，即便凶手花再多精神設下機關，在密室裡執行了殺人行動，但如果周圍的人是對密室完全遲頓的人，隨意地把現場弄得亂七八糟的話，你猜會怎麼樣呢？凶手的努力，就全都化爲泡影了。凶手會選擇在密室裡殺人，一定是有其必要性，所以，既然凶手犯下的是密室殺人案，他本人就會覺得有必要讓周圍的人察覺到這是密室殺人。萬一周圍的人眞的完全沒有發現的話，凶手迫於無奈，就只能透過自己的嘴巴，去宣傳說這就是一宗密室殺人。而這個宣傳的動作，也就成了凶手必定會採取的典型行動之一。因此，我們才說在密室殺人案當中，最先斷言該案是『密室殺人』的人，往往就是眞凶。」

簡而言之，在密室殺人案當中，好像最先做任何事情都不好。

「那，假設最先打開密室之門的那個人，他最先跑到被害者的身邊去，又最先主張這個案子是一宗密室殺人的話，就表是這個人他……」

「是凶手！」

是有影嘸？

「以上三種類型呢，都是以發現出事的時候，眞凶就在現場爲前提來思考的。當然，還有很多不屬於這三種類型的案例。比方說……」

這場充滿社長獨斷的推理漫談還沒完。

八橋學長已經聽不下去，於是「哈嗚～」地打了好大的一聲呵欠。

四

過了不久……

又有一架直升機，伴隨巨大的噪音，劃過鯉之窪學園上空。

這回這架直升機飛得相當低，螺旋槳震耳欲聾的聲音，化作空氣的振動，撼動了整個工友休息室，感覺就像是發生了輕度地震。

剛搬到這裡來的時候，我的確曾經因爲誤以爲這是地震，而跑去躲起來過。

最近雖然已經比較習慣直升機飛過了，但還是覺得它們很吵。國分寺確實是個很恬靜的住宅區，但不知道爲什麼上空好像剛好是個飛行航道，所以老是有這種帶著超大噪音的直升機或噴射機劃過天空。

我想這所學校這麼重視防噪音設備的強化，恐怕也是由於這個緣故吧。例如說牆面除了少部分例外的區塊，其餘用的都是防噪效果很好的材質；窗戶除了少部分例外的區塊，其餘全都是用雙層玻璃窗。順帶說明一下，所謂「少部分例外的區塊」，指的就是這間工友休息室。因此，剛才木製的窗框才會嘎嘎作響，超薄的玻璃窗也像是要出現一道道裂縫似的發出吱吱聲，沾附在天花板的灰塵更紛飛落下……

學長們針對「密室」的討論，原本就已經陷入了冗長乏味的狀態，倒也不是因爲被直升機震耳欲聾的噪音打斷才叫停的。剛好大家肚子也餓了，所以今天的社團會議就到此結束。

堀內伯伯早已回到工友休息室來。我們三個人一起向他道謝，感謝他爲我們泡了玄米茶之後，便空出休息室給我們。

離開工友休息室，再走一小段路之後，前方左手邊就是組合屋教室。目前由於校內有一部分的建築正在進行改裝工程，因此就蓋了這間組合屋，當作臨時的校舍。

在組合屋的彼端，有四棵高約五、六公尺的松樹。再過去則是三層樓的第一教學大樓，雄偉地屹立在月光下。

社長的目光緊盯著三樓的窗戶，一個人喃喃地說：

「喔，看來島村那個老頭好像還在拚命剪A片喔。」

「哇，他明明就有老婆了，還這麼喜歡這種東西咧。」

要是島村老師聽到這段對話，不知道會做何反應？我想恐怕不會善罷甘休吧。

姑且先不管他。不過三樓中央樓梯右邊的「一－三〇三」廣播視聽室裡，確實還亮著燈。不對，不只這間，連「一─二〇二」的學生會辦、還有「一─二〇四」的自習室，都還燈火通明。

「學生會長櫻井梓、演藝班的西野繪里佳和本多老師，這三個人眞的都還在拚喔？」

「好像是咧。教職員辦公室裡面好像也還有誰在唄。」

「組合屋教室裡好像也還有人喔。都這麼晚了，留下來的人還眞不少呢。」

社長說得沒錯，組合屋校舍的入口處，也還有些許光線透出來。

我們在社長的帶領下，往第一教學大樓的方向前進。往前走不久之後，我們一行人就抵達了用水泥打造的迴廊。這條迴廊是用來連接第一教學大樓和組合屋校舍的，直走的話就會抵達第一教學大樓，往左去的話就會連結到組合屋校舍的入口。我們沒有什麼事情要去組合屋校舍處理，所以當然是準備要向前直走。但就在這時，

「吱～」

像是猴子盛怒之下發出吼叫似的怪聲，讓我們三個人停下了腳步。

「喂，怎麼回事？」多摩川社長停下了腳步。

「奇怪。這所學校裡有猴子之類的動物嗎？」

「就算有，倒是也不意外啦。不過……」

這所學校到底是有多誇張啊？

「吱～」

「哦！猴子又來了。」

「不，不是猴子，這應該是鳥的叫聲才對咧。」

這個聲音，確實說是猴子也像，說是鳥也沒錯的叫聲。

「吱～吱～」

像猴子又像鳥的叫聲還在持續。這個聲音不知道出現了多少次之後，才終於變成了一聲「啊～」的人類尖叫聲。

「哇！怎麼回事？這是人在叫咧。」

「尖叫聲哦！這可是人類的尖叫哦！」

多摩川社長和八橋學長互看一眼，便往聲音來源的方向衝了過去。尖叫聲是從組合屋校舍傳過來的，絕對錯不了。

「社員們，上呀！」

不必等社長開口，我們已經一起從迴廊往組合屋校舍的方向衝去。

組合屋校舍是雙面斜屋頂式的長方形建築，和第一教學大樓隔著中庭相望。雖然說是組合屋，但再怎麼樣也至少是個臨時暫用的教室，所以比工地的組合屋蓋得稍微漂亮一點。

組合屋的前面，每隔五公尺就有種一棵繁茂的杜鵑花樹，所有樹橫排成一整列。或許是想要多少緩和一點組合屋空盪寂寥的外觀吧？不過現在花還沒有開，還不太有色彩繽紛的感覺。

我們循著迴廊往前走，來到了組合屋校舍唯一的入口。拉開金屬邊框的拉門之後，門的那一端大致可分爲三個教室：最靠門邊的是音樂教室，中間是美術教室，最裡面的則是保健室。緊鄰在保健室旁邊的，還有一間洗手間。

事發現場是最裡面的保健室。有一位小姐像是嚇得腿軟似的，蹲在走廊上站不起來。

我們三個人在短短的走廊上全速向前奔去，來到了保健室前面。

發出尖叫聲的是小松崎律子，是一位三十多歲的音樂老師。當場，她的表情已經呈現即將哭出來的樣子。

「發生什麼事了？小松崎老師，妳振作一點呀！」

社長一邊陪在小松崎律子身邊照顧她，一邊想向她確認事情經過。這時，小松崎老師突然發出了很尖銳的叫聲，讓人不假思索地想要摀上耳朵。

「保、保健室……裡面、裡面的床上都、都是血……血……」

「都是血？」

多摩川社長和八橋學長才聽小松崎老師把話說到一半，便爭先恐後地跑到保健室的門口去開門。可是，保建室門口的這扇拉門，卻怎麼也開不了。這也難怪，拉門的把手上掛著一個很大的門鎖，看起來是鎖上的狀態。社長和八橋學長對著這個一動也不動的門抱怨：

「可惡！這門被鎖住了！」

「奈安捏？這樣我們沒辦法進去咧！」

小松崎老師用手指了指拉門上的小窗。

「從、從那個小窗看……」

小窗上的玻璃是透明的，剛好可以看得見教室裡的情況。社長和八橋學長，搶著要把頭擠到小窗前面去。但是！就在這個時候，

叩！

以拳擊來比喻的話，就好比是一記偶然的撞擊似的。兩位學長分別捂著頭和下巴，一邊說：

「嘶……」

「哦……」

兩位學長都用著很恰如其分的狀聲詞來表現他們的疼痛，然後分別往兩側蹲了下去，許久都站不起來。

結果，小窗最後竟然就這樣地，出現在無欲無求的我面前。看來，從小窗察探教室內部的這個榮譽，就要由我代表偵探社來接受了。

我深呼吸了一下，把臉湊到小窗前面。

小窗的彼端是一個微暗的空間，校醫眞田老師已經不在裡面了。不過，保健室裡倒也

並不是一片漆黑的。不，應該說裡面還蠻亮的才對。怎麼會這樣呢？裡面的日光燈又沒有開——我隨即就知道了原因：原來保健室最裡面的一扇對外窗是完全開著的。滿月的白色光芒，從這扇開著的窗戶照了進來，使得窗邊到床鋪附近這一帶，在黑暗中顯得格外明亮。

問題就出在床上。

床上有個身穿學生制服的男同學，他呈現趴著的姿勢，看起來倒也有幾分像是睡著的樣子。不過，如果說他是在睡覺的話，那他的身體擺出來的那種姿勢，看起來好像馬上就要從床上掉下來似的，未免也太危險了一點吧。男同學的身體看來似乎是連一動也不動了。

接著，有問題的是那張床墊，特別是它的顏色！

一片赤紅。在這樣的微光之下，那片紅依舊相當醒目，讓看到它的人都必定要目不轉睛。再仔細一看，看起來床墊上的紅色，就像是從男同學的胸口附近，呈放射狀擴散開來似的。

眼前的這一幕，和小松崎老師所說的「都是血」，突然在我腦子裡串連了起來。這時，我的膝蓋不禁開始猛發抖了！

「喂！阿通，你還愣著幹嘛？還不快點報告狀況！」

聽了社長的這一句話，我才回過神來，拚命地試著解釋了一下情況。

「男、男、男生在床死掉了……」

我做的說明好像說得太拚命了一點，兩位學長都是有聽沒有懂。

「都什麼時候了，還在搞笑咧！你在講繞口令是不是？」

「對呀！阿通，現在可不是說冷笑話的時候了啦！」

誰在講冷笑話啊？於是我又用最認真的態度，向社長再解釋了一次：

「有、有、有個男生在床上死掉了……」

「什麼？你是說有個叫井上的男生死在那裡嗎？」

「不是啦！」

我打了社長一巴掌。他的說辭，實在讓人忍不住覺得他就是故意搞錯的。

「你們兩個都仔細給我聽好，」

我又再一次地，把情況慢慢而確實地說明了一次。

「有一個男生，他在床上，死掉了。不對，我不知道他究竟死了沒有，總之他就是滿身都是血！」

五

「嗯～」社長親自看了小窗內的情況，點了點頭。

「總之，我們得想辦法進去看看才行。可是，現在門口鎖住了，所以我們沒辦法從這裡直接進去。那這該怎麼辦呢……」

就在社長打算要下達指令之際，我們身後出現了另一個叫聲。

「那種破鎖有什麼問題？你們閃開，看我來把這扇門砸爛！」

我們回頭一看，有一位男老師面向保健室門口，擺出一副馬上就要砸門的姿勢。

他是美術老師，久保毅。

他的年紀大概是在四十歲中段左右吧？擁有一副壯碩的好身材，但筆鋒卻很細膩，是我們鯉之窪學園的「大畫家」。聽說他的實力受肯定的程度，幾乎是到了當美術老師太浪費的水準。我自己實際上看過他以學校董事長為模特兒畫的一幅肖像畫，畫裡的董事長是個風度翩翩的紳士，和董事長本人說像不像，但畫作本身確實是厲害得令人瞠目結舌。

稍稍恢復冷靜的小松崎老師，向有點衝動過頭的久保說：

「嗯……久保老師，不必這麼鹵莽，去警衛室借鑰匙過來就好了吧？」

「啊啊，對喔。那我趕快跑一趟……」

就在久保回過身去，準備要起跑的時候，多摩川社長阻止了這位美術老師。

「啊，等一下，久保老師。你看，眞田醫師好像回來了喔。」

仔細一看，眞田醫師正快步地從走廊彼端跑過來。這位保健室的校醫，已經換好了便服，所以身上穿的不是醫師白袍。

「咦？大家怎麼都在這裡？出了什麼事嗎？」

眞田醫師來到保健室前面，好像還搞不清楚狀況的樣子，看了看在場的兩位老師，以及我們三個學生。

「等一下再跟妳說明。」久保很著急。

「先別管這些。眞田醫師身上有保健室的鑰匙嗎？」

「嗯，鑰匙我這裡有。」

眞田醫師拿出串在鑰匙圈上的鑰匙，久保就說：

「太好了！借我一下。」

說完，就像是用搶過來似地拿走了鑰匙。他右手拿著鑰匙，好像一副和鎖頭有深仇大恨似地，用力地把鑰匙插進了鑰匙孔。接著，在一小聲輕響之中，鎖被打開了，拉門很流暢地被拉開來。

最先打開密室之門的，是美術老師久保毅！

久保按下了門口旁邊的開關，原本微暗的保健室瞬時大放光明。

「啊！」眞田醫師口中突然發出了一聲很短的驚叫聲。

雖然說這棟校舍是組合屋，但好歹這一間還是保健室，所以有白色的地板、白色的牆面、白色的隔簾屏風，充滿了清潔感。

可是，在屏風彼端的床上，卻是一個和這份清潔感格格不入的光景。趴著倒臥在床上那個身穿制服的男同學，身體在床墊邊緣勉強維持著平衡，看起來非常危險。白色的床單上，染著一大片鮮紅的血漬。眼前的這一幕，比剛才從小窗看到的景象還要更怵目驚心。

再怎麼外行的人，都應該會認定這個男同學已經氣絕身亡了。他的胸部到腹部周圍這一帶，應該受了很嚴重的傷。不過由於男同學一直維持趴著的狀態，所以沒有辦法親眼看到他的傷口。

就在這個時候——

滿身是血的男同學，身體終於再也無法維持平衡，於是便從床上滑了下來——咚！男同學的身體現在在地上，呈現仰臥的姿勢。

「啊！」我不禁叫了一聲。

終於看到死者的廬山眞面目了。即便再不想看，他的臉就是這樣攤在大家的面前——是我們沒見過的男生。要說是高中生嘛，好像這張臉又顯得老了一點。整張臉嘴歪眼斜地呈僵硬狀態，樣子很難看。

男同學的左胸上斜插著一根看似利刃的東西。從利刃插入的地方流出來的鮮血，把男同學的學生制服胸口附近都沾得濕透。看來是相當大量的出血。

就在大家被這一切震懾住的時候，有一位女士發出「答答答」的聲音，走近屍體。

最先跑到被害人身邊的，是校醫眞田醫師！

眞田醫師絲毫不在意自己的便服被血跡弄髒，抱起了躺在地上的這個男生，觀察了他脖頸部位的脈動後，面無表情地斷言說：

「他死了——而且他的胸口還有刀，這是一宗凶殺案。」

「眞的假的啊！」

「眞不敢相信！」

在場的人就像是被眞田醫師的這句話叫醒似地，紛紛走向屍體。

接著，眞田醫師彷彿不帶一絲情感似地，猛然開口說：

「啊！請大家不要碰屍體！」

「……」

雖然說這個警告說得很有道理，但總覺得醫師也未免太自私了一點。

眞田醫師把屍體放回地面上，走回到隔簾屏風旁邊。

「眞田醫師，」久保用半發抖的聲音問：

「雖然我知道這樣問有點多餘，但醫師離開保健室的時候，應該還沒有這樣的一具屍體在吧？」

「嗯，當然啊。我離開這裡的時候，大概是晚上七點半左右。當時這裡完全都還沒有任何異狀。但是我離開的時候，一時粗心忘了把窗戶關上，就這樣走掉了。走到私人物品置物櫃，準備要回家的時候，我才想起這件事情。就在我打算要再回來關窗戶的時候，就發現變成這樣了……」

原來如此。所以才會出現門有鎖上，但窗戶沒關的這種不完全密閉狀態。這樣一來，犯人就只可能從唯一的一條路線闖進來——也就是從隨風搖逸的窗簾彼端，緊臨床邊的那個敞開的窗戶，闖了進來。

就在我這樣想的時候，原本看起來似乎是大受驚嚇，無法言語的小松崎老師，好像受到指使似地，靜靜地走向窗邊。接著，她很仔細地朝窗外仔細查探，然後用響亮的高音大叫：

「看看，這是怎麼回事？」

小松崎老師一邊等著在場所有人靠到窗邊來，一邊說起了自己的發現。

「請看這裡。窗外的地上還是溼的，可是卻沒有凶手的腳印。不對，不要說是腳印了，地面上宛如連一絲雜亂都沒有似的整齊。也就是說，凶手不是從這扇窗戶闖進來的。」

「啊？小松崎老師，我不懂妳的意思？」

小松崎老師轉過頭對著大家，回答久保的問題：

「我的意思是說，這個保健室當時是一個密室！」

第一個主張案發現場是密室的人，是音樂老師小松崎律子！

「密室」這個很跳脫現實的聲響，看來引起了老師們的一陣大騷動。

「說什麼傻話……」

「不可能……」

我想親眼驗證小松崎老師所言是否屬實，於是走到了窗邊，把身體探出窗外，仔細觀察了一下地面的狀態。

組合屋校舍不像一般校舍還有水泥打的地基什麼的，外面馬上就是地面。而受到今天下午颱風肆虐的影響，地面上現在還是濕漉漉的。這片溼漉漉的地面上，找不到任何疑似人類腳印的東西。小松崎老師說得沒錯。

我回過頭來，把視線轉向稍遠一點的地方。在外面正對窗戶的方向，距離窗戶大約一公尺左右的地方，種了一片杜鵑。這片杜鵑只是組合屋窗外一整排杜鵑當中的一小部分。然而，這片杜鵑附近的地上也很整齊，沒看到有什麼特別雜亂的地方。

再把視線放到更遠一點的地方，可以發現中庭裡聳立著四棵松樹。其中最旁邊的一棵松樹位於保健室窗外，幾乎可以說是在正前方，是一棵枝葉稀落的松樹。而且，從保健室看出去，這棵樹是往左傾方向生長的。傾斜角大概有七十度左右吧？我突然想到，這樣的傾斜角度，剛好讓它變成一棵適合拿來上吊的松樹。

八橋學長小聲地在社長耳邊說：

「流司，你怎麼看？你最喜歡的密室咧。」

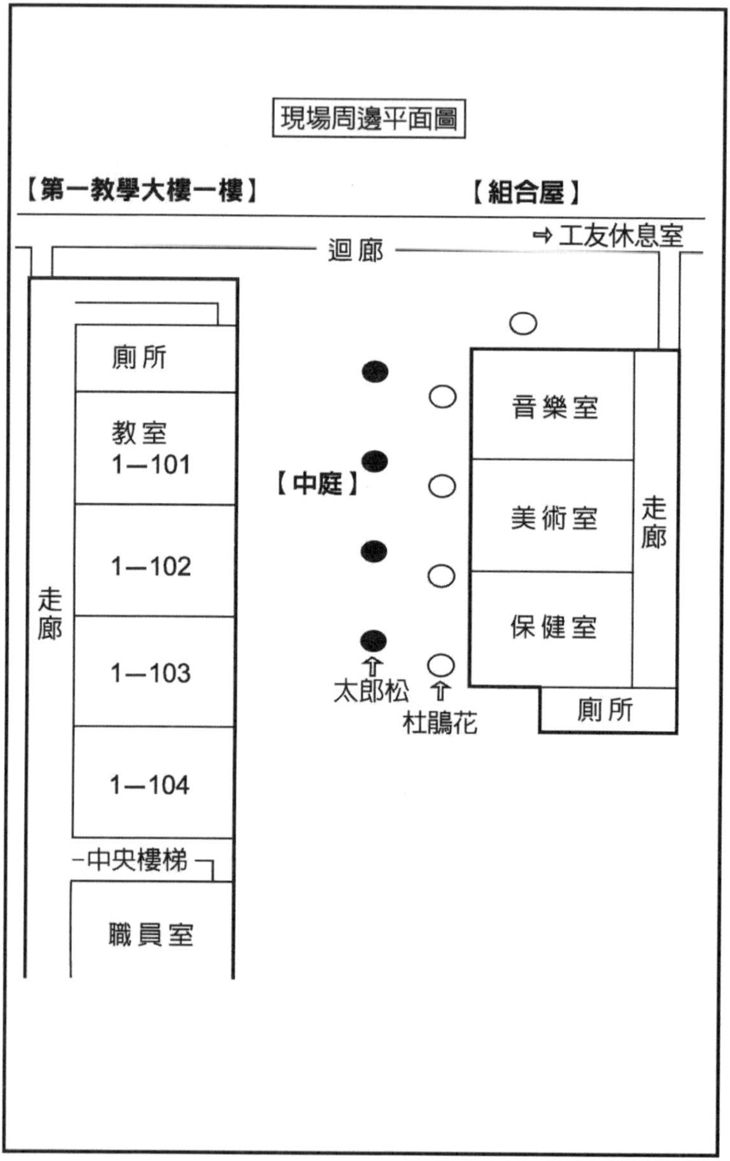
現場周邊平面圖
【第一教學大樓一樓】
【組合屋】
迴廊
⇨工友休息室
廁所
教室
1—101
1—102
1—103
1—104
走廊
中央樓梯
職員室
【中庭】
太郎松
杜鵑花
音樂室
美術室
保健室
走廊
廁所

「嗯……不過，久保、眞田、小松崎這三個人的舉動，都像是在說『凶手就是我』。

嗯……我完全看不出到底誰才是眞凶！」

社長的密室課程，看來也派不太上用場。

第二章　渾沌的第二天

一

五月二十一日，星期四，也就是案發的隔天。

老師們光是要應付警察和打發媒體，就已經忙得不可開交了，根本沒有辦法上課。所以，上午每一節課都變成了自習。

這裡解釋一下，鯉之窪學園這所高中，可不是三流的爛學校。想進來念書，得要通過入學測驗，而且難度對傻傻的國中生來說，也並不容易。換句話說，這所學校的學生們，還算是有一定程度的學習能力。

然而，不用多說也知道，「學習能力」和「自習能力」是兩碼事。因此，上午各班的教室裡，儘管黑板上寫著「自習」兩個大字，但卻難免還是淪爲充滿喧嘩和混亂的渾沌狀態。

仔細想想，正因爲黑板上大大地寫著「自習」兩個大字，大家才會放心地大吵大鬧。如果不寫「自習」，而是寫「老師馬上就過來」，至少大家多少還會吵得有點心驚膽跳

——總之，不管怎麼樣，大家就是吵鬧，結果都一樣。

東拉西扯一下，很快就到了午休時間。我在校園一隅的草坪上，和兩位學長會合。

「今天校園裡果然是很安靜咧。」

校園裡的人影稀稀落落。平常這時候校園裡會有女同學們在跳不怎麼好看的芭蕾舞，或者可以看到貌似不良少年的男生在打耍帥籃球。可是今天這些人都不見蹤影。凶殺案發生的隔天，多少還是可以感受到校園裡瀰漫著自制的氛圍。

八橋學長大口扒著合作社特製的多蜜醬炒麵，說：

「那是當然的呀。阿通，你看今天早上的報紙了嗎？」

「我當然看了啊。」

我一邊吃著便利商店買來的廣島風好吃燒，一邊說：

「再怎麼說也是凶殺案發生的隔天早報呀。虧我還有點期待自己的名字會不會出現在報紙上呢。」

結果我的名字完全沒出現在報紙上。這倒也好。要是我的名字隨便就被寫在報紙上，對我來說也是個困擾。但是，我可是滿心以爲名字一定會被登出來，結果竟然沒有。這點我頗爲不滿，或者應該說是覺得很不可思議。

「被害人的名字沒有出現在報紙上耶。爲什麼呢？」

「這個嘛，」八橋學長用手上的筷子指著我說：

「我也不知道。不只是報上沒寫吶，早上我到學校以後，問了幾個消息比較靈通的人，大家都說不知道被殺的那個是誰咧。明明就是我們學校的學生死掉了喔！怪吧？也因爲這樣，學校裡出現了很多不負責任的傳言咧。流司，對吧？」

社長吃著關西風的章魚燒當午餐，皺了一下眉頭，說：

「嗯，的確現在有很多說法到處流傳。最可憐的是今天剛好請假的那些人，馬上就被全校拿來當作蜚短流長的對象了。例如說，你有沒有聽到三年級的人在傳的一個『八橋京介死亡說』？」

「你才應該要知道女生在傳的一個『多摩川流司犯人說』咧。」

就這樣，我們的討論中斷了三分鐘——因爲兩位學長抓著彼此的衣領，大聲互罵說：

「你說誰是凶手，誰啊？」「你才是！誰准你賜我死！」

原來如此。的確學校裡面流傳著很多不負責任的傳言，資訊非常混亂。反正不要流傳「赤坂通共犯說」就好。

這些姑且不管，恢復冷靜的社長，又重啓了我們的討論。

「我看到的報紙上是寫說『目前正在調查死者身分』。換句話說，那個被害人不是這所學校的學生。」

「果然是這樣啊。」

「除此之外，我想不到別的可能。如果死者是這所學校的學生，人是誰一查應該就知道才對。怎麼可能還在那裡慢呑呑地『調查死者的身分』？再說，發生了這種事，隔天一早應該有個什麼集會，把全校學生叫到體育館去，從校長口中向大家說『有一件很遺憾的消息要向各位報告』之類的吧？可是今天早上卻沒有這個動作。換句話說，昨天晚上那個死者，根本就是跟這個學校無關的外人！」

「話是這麼說啦，可是那個人身上穿著我們學校的制服咧。」這所學校的男生制服是黑色的立領制服，屬於舊式的傳統設計，但是領章和鈕扣是學校自己的特殊設計，所以只要近看的話，一眼就可以分辨出來。而昨晚的被害人身上的確是穿著這個學校的制服。

「恐怕只是個『炸蝦學生』吧。」

八橋學長用筷子夾起了炒麵，撇著頭說：

「炸蝦？誰在跟你聊炸蝦的事了啊？」

「不是吃的那個炸蝦啦。我說的『炸蝦』，指的是『披著一層外衣』的意思。所以『炸蝦學生』指的就是穿制服裝扮而成的假學生。很久以前，大學生還頗有社會地位的年代，聽說常有這種假學生。」

社長秀了一個幫不上什麼忙的小常識，一臉洋洋得意的樣子。

「結果那個被害人到底是何方神聖？」

「阿通，你還沒發現呀？就是昨天堀內伯伯有提到的那些非法闖入者呀！也就是最近在這所學校裡又多起來的不法分子。」

原來如此。我這才終於搞懂了。昨天晚上，堀內伯伯在屋頂上確實有提供這些資訊。

「意思就是說，有某個爲了追星潛進我們學校的人，不知道爲什麼，就在保健室被刺殺了。是這樣的嗎？」

「對，沒錯──咦？」

多摩川社長好像突然發現了什麼似地，打斷了他的話。接著，眼睛四處察探的社長，撿起了手邊的小石頭，說：

「是誰在那裡？」

說完就把小石頭丟了出去。小石頭用很快的速度，衝進了樹叢裡。

「喵～嗚」

傳回來的是貓的叫聲。

「什麼嘛，原來是貓呀。」

社長彷彿鬆了一口氣似地喃喃說完之後，好像又在故意說誰聽似地，大聲地說：

「可是呀，仔細想想，我最討厭貓了。喂，八橋啊，你幫我把那邊的大石頭撿過來，我要用它把那隻貓趕跑。」

八橋也像是聲入心通似地，說：

「好啊，我也來幫忙唄！」

結果，「大貓」從樹叢的樹蔭下，現出原形來了。

「等、你們等一下啦。且慢且慢，我們是人，不是貓啦。」

眞的不是貓。走出來的是一個年約四十五左右的猥瑣男子。那一身沒有半條折線的灰色西裝，穿在他那屬於日本人平均體型的身上，顯得相當服貼。一套西裝如果不穿在身上它操個幾個月的話，恐怕很難變成這個樣子。

就在我這樣想的當下，男子的身後又出現了一個人——是一位看起來二十五、六歲的小姐。

小姐有一雙很知性的眼睛，工整的眉毛，帶著淺淺笑意的嘴唇。露出在短版的緊身裙外面的雙腳很吸引人；被風吹得翩翩飄揚的栗子色頭髮也很漂亮。

「妳是誰呀？」

社長問了小姐。沒被問到的四十多歲男子回答說：

「我們不是可疑分子。我們是警方的人。」

「警察？她也是嗎？」

針對社長這個問題，年輕女子簡短地回答說「是呀」。

「是要來查昨天那個案子的刑警大人喔？不過要是正牌刑警的話，應該有證件才對咧。可不可以請你拿出來給我們看一看咧？」

「應該沒問題吧？看，這就是證件。」

兩位刑警分別拿出了證件。

兩位學長迅雷不及掩耳地伸出了右手，搶下了女刑警的證件。男刑警的證件孤零零地被晾在一邊，兩位學長根本就不屑一顧。我察覺到男刑警的臉已經尷尬到變了樣，在無計可施之下，我決定要多少給他一點面子。

「啊，警官您的證件呢，就由我來確認一下。喔～這就是警察證啊？我有聽說現在的警官都不像警匪劇裡面演的那樣，會把警察手冊亮出來給別人看，沒想到是眞的啊。咦？奇怪？」

我手上的證件，上面寫的內容有點不太對。

「好奇怪喔，姓名欄上面寫的是距離最近車站的站名——祖師之谷大藏（SOSIGAYA OOKURA），這是小田急線吧？」

「喔，這麼說來這裡也是咧。」

在美女刑警的證件爭奪戰當中獲勝的八橋學長出聲說。

「我這邊的最近車站是千歲烏山（CHITOSE KARASUYAMA）——這是京王線咧。這是怎樣？」

這個意外的現象，讓多摩川社長也撇著頭表示詫異。

「嗯～我不覺得在辨識一個警官的時候，最近的車站會有那麼重要。」

「那不是最近的車站。」

男子從我手上將警察證拿走，大叫了一聲。

「那是姓名。」

「？」

我們三人當場愣住。兩位刑警這才終於報上了自己的姓名：

「我是國分寺警署搜查一課的警部，祖師之谷大藏。」

「我是同警署搜查一課的刑警，烏山千歲。」

「SOSIGAYA TAIZO？」

「KARASUYAMA CHITOSE？」

兩位學長面面相覷。這時，女刑警烏山千歲從八橋學長手上把警察證搶了下來，說：

「你們看清楚，我的證件上面應該沒有寫『千歲烏山』吧？看清楚點好嗎？不過，祖師之谷警部確實是個被誤以爲是站名也不爲過的名字。」

「烏山刑警，『被誤以爲也不爲過』是什麼意思！」

「因爲你那就是個和站名一模一樣的名字，只是唸法稍微改一下而已啊！」

「要這樣講的話，那妳的名字唸法還跟站名一模一樣，只是上下調換一下順序而已吧。妳沒資格說別人！」

兩個人都有錯。「龜笑鱉無尾」——不對，是「小田急線笑京王線」。話說回來，這兩個人爲什麼會跑來找我們？好像差不多該進入正題了才對。

二

祖師之谷警部像是要重整他的威嚴似地，「咳」的清了一下喉嚨，然後才終於把話題拉回案子。

「當然是爲了想問你們昨晚那個案子的事情，才會來找你們的。不對，應該說你們昨晚的行動，我們都已經有聽說了，所以不用再提。我想問的是除了你們之外的幾個人的事。例如像眞田仁美、或是小松崎律子、久保毅，還有堀內工友……」

「哎，我還蠻意外的耶。連堀內工友也算是嫌犯嗎？」

祖師之谷警部漠視了社長的這個疑問，繼續說了下去：

「首先，你們注意到有事情發生，是因爲小松崎律子的尖叫聲。大概是幾點鐘左右的事？」

社長代表我們回答：

「晚間七點四十分。我們昨晚也是這樣回答的喔。」

「你確定是她的尖叫聲嗎？」

「應該不會錯吧？因爲聲音能叫到那麼尖的，應該沒有別人了吧。」

「聽到那個尖叫聲之後，最先趕到保健室的是你們三個人嗎？」

「嗯，沒錯。」

「小松崎律子看起來有沒有什麼奇怪的地方？」

「沒有什麼特別奇怪的地方。看得出來是大受驚嚇的樣子，我不覺得那是在演戲耶，她應該不是凶手吧。」

「沒問你的事不必多講。」

祖師之谷警部阻止了一副很想把沒被問到的事情全都講出來的多摩川社長。

「然後，晚了一步才來的是久保毅，對嗎？他是從哪裡過來的？」

「……應該是美術教室吧？嗯，這樣一說，到底是哪裡呢？喂，八橋。」

「這個我也沒辦法正確回答。我一回過神來，他就已經出現在我背後了咧。阿通，你記得嗎？」

「我不知道。」我搖了搖頭，「搞不好他是在建築物外面聽到尖叫聲，然後才趕過來的喔。我也沒有留意到這一點，所以我不知道。他本人怎麼說呢？千歲警官？」

烏山刑警用眼神取得警部的同意之後，才回答了我的問題。

「他表示案發當時他在美術教室。至於晚了一步抵達現場的原因，是由於組合屋的隔音比想像中要來得好，走廊上的尖叫聲並沒有大聲地傳進室內。」

祖師之谷警部彷彿要說「話說到此為止」似的，大聲地咳了一下。

「就在你們爭辯要不要把入口的門敲壞的時候，校醫真田仁美就回來了。對吧？當時大概是幾點鐘左右？」

這個問題社長回答得很正確。

「小松崎老師的尖叫聲，剛好是在七點四十分左右出現的，所以是在又過了幾分鐘之後回來的。」

「眞田仁美出現的時候，有沒有什麼異狀？」

「沒有。就只有身上平常穿的白袍，當時已經換成便服而已。」

「你們有沒有看到眞田仁美離開保健室？」

社長立刻搖了搖頭。

「沒有，我們沒看到……我記得眞田醫師不是有在晚上七點半先離開了保健室一陣子嗎？我記得她昨天有稍微提到一下喔。這個部分有確認過了嗎？千歲警官？」

烏山刑警又用眼神取得警部同意，才回答了多摩川社長的問題。

「就如你所說的，她本人表示，剛好在晚間七點半的時候，她把保健室的門鎖上並且離開。但是，當我們問她『當時有沒有看到別人』的時候，她回答『應該沒有』……」

「晚上七點半啊，當時我們三個人都在工友休息室咧，沒辦法當眞田醫師的證人。」

「我瞭解了。那麼接下來，我想問一下那位工友的事情。堀內工友一直都跟你們三個人在一起嗎？」

「沒有，他沒有一直跟我們在一起咧。他有說他要出去抽根煙，然後就離開啦。他離開的時間大概是晚間的七點二十分左右吧？一直到快要七點四十分的時候才回到休息室來。我們三個人等堀內伯伯回來，跟他說了『再見』，然後走出休息室不久，就聽到那個尖叫聲了咧。」

「嗯，也就是說，堀內工友有二十分鐘左右的時間，人在哪裡做什麼，你們並不知道。這樣沒錯吧？」

「話是這麼說沒錯……妳該不會在懷疑堀內伯伯吧？千歲警官？」

「我們並沒有特別懷疑堀內工友，只是我們也不會放過所有的可能性。對吧，警部？」

「正是如此。對了，你們有沒有在案發現場附近撿到什麼東西？或者是有沒有看到誰撿走了什麼？有看到這個也可以。你們有沒有印象？坦白從寬喔。」

「『什麼東西』指的是？」我開口問。

「好模糊喔，可不可以具體告訴我是什麼樣的東西呢？千歲警官。」

這種問法，任誰都會覺得有問題。

「你們給我等一下！」祖師之谷警部瞪了我們一眼，說：「有問題的話，不要問烏山刑警，都來問我。她再怎麼說也是個刑警而已，我才是警部。畢竟搜查行動的指揮權還是在我手上。」

「喔，是嗎。」

「對了，哎……是想問什麼來著？」

「我們沒有什麼想問警部的。」

我只是單純想問千歲警官問題而已。

三

我們太過不正經的態度，激怒了祖師之谷警部，氣得他七竅生煙地拉著烏山刑警就走。結果，祖師之谷警部最後拋出來的那個問題，依舊是讓人摸不著頭緒，如墜五里霧中。我們三個人在校園裡隨意閒走，一邊思考那個問題眞正的涵意。

「有沒有在案發現場附近撿到什麼東西？或者是有沒有看到誰撿走了什麼……他是這樣問的吧？」

「嘿啊，是什麼意思咧？」

「會不會是案發現場有什麼東西被帶走了呢？我想警部他們一定是在找那個東西啦。」

「但問題就是『那個東西』是什麼咧？凶器插在屍體的胸口，所以跟它沒有應該關係唄。」

八橋學長說完，無意識地把視線望向校園裡的一角。在他的視線彼端，有一個東西

——那是一顆網球——是和凶殺案完全沒有關係的一個平凡小東西。可是，就像是貓發

現球就一定非得要逗弄一番才甘心似的，在午休時間發現這顆球的高中生，也決定了下一步的行動。

「喂，流司！」

「好，我知道了。」

多摩川社長就像是已經弄清楚事情的來龍去脈似的，開始動了起來。他拿起了丟在校園一隅的長柄掃把，然後把柄的部分拆了下來，用兩手試握了一下，測了一下手感。接著他拿著掃把柄揮了兩、三次，便走向一個看不見的打擊區去。

於是，在鯉之窪學園校內的一角，璨爛輝煌的太陽下，偵探社兩大巨頭的對決，就此展開。

凶殺案的事情，就像是被蒸發掉了一般，消失得無影無蹤。

東側的強打者高高舉起球棒，說：

「鯉之窪學園三年級的多摩川流司，偵探社社長。喜歡的打者是中日隊的陳大豐。」

另一方面，西側的主力投手也不遑多讓：

「鯉之窪學園三年級的八橋京介，偵探社社員。喜歡的投手是阪急隊[10]的今井勇太郎！」

我身為低一年級的學弟，這種時候該盡的義務，當然就是當捕手。

註10：日本職棒球隊，一九八九年改名為歐力士隊。

我不需要自報「喜歡的捕手是……」。再說，我根本就沒有喜歡的捕手。

八橋學長「唰！」的一聲，自己配上像棒球漫畫的音效，手高舉起來，單腳抬高，擺出很獨特的投球姿勢。另一方面，社長則是用以前小學生都曾模仿過的「金雞獨立打法」來應戰。這怎麼可能打得到呢？

八橋學長投了一個超紅心正中的半速球，社長很豪爽地大棒一揮！兩強對決就像是一幅畫似的，以揮棒落空三振收場。西側的主力投手成功封鎖了對手的打擊。

「去『河馬屋』請我吃章魚燒喔。可以齁？流司。」

「既然我都慘敗在你手下了，也只好這樣啦。」

鯉之窪學園的這場棒球對戰，是有一點小賭注的。只要分出輸贏就好，程度高低不是問題。

就在我接著要準備進入打擊區的時候，不知道從什麼地方又跑出了一個男的。

外表看起來像是三十多歲的人，身上穿著白袍。我們學校沒有男醫師，所以這個人可能是理化老師。白袍男注意到我們，嘖嘴說：

「眞是的，在搞什麼嘛。」

接著鋒男子就一邊加快腳步走了過來。

「喂，你們在這裡做什麼？學校現在因爲發生了凶殺案而鬧得沸沸揚揚，你們還有閒情逸致大白天就拿著木棒在這裡亂揮……你們覺得這樣對嗎？啊啊～你們還眞是令人搖頭嘆氣，我對你們太失望了啦。看來你們一點也沒有所謂的『自覺』。總之你啊，不要傻傻站在那裡，把那根木棒給我拿過來！」

說時遲那時快，理化老師從我手上把掃把的柄拿走。接著，他用兩手試了試手感，又突然豪邁地揮了兩三下。然後，就在沒有任何人叫他的情況下，自己走上了打擊區。男子身上白袍的衣角被風吹起，但他仍然將木棒拿得筆直，站著準備打擊。

「鯉之窪學園生物老師石崎浩見，三十歲。不知道倒了什麼楣來當偵探社的指導老師。喜歡的打者是養樂多隊的大杉勝男。不用因爲我是老師就跟我客氣，八橋同學，你就放馬過來吧。」

「？？？」

啊？這個人不是說他對什麼東西失望的嗎？

「嗯～不愧是老師。」我身旁的社長發出感佩的喃喃聲說：「大杉。還眞是另類。」

「哎……請問一下，」我誠惶誠恐地開口問，

「這個人是誰呀？」

「啊？你剛沒聽到他的自我介紹嗎？」

「大杉？」

「你白痴呀！」

啊，我被社長罵白痴了。這還是我第一次被社長這樣罵。

「他不是大杉，他是生物老師石崎啦。他剛不是有自報姓名了嗎？」

啊啊……是沒錯。這個不重要。這不重要，可是，

「我剛好像有聽到他說他是偵探社指導老師。」

「是啊。石崎是我們偵探社的指導老師呀。搞什麼，你這傢伙不知道啊？」

「……」

這樣一說，確實昨天晚上社長和學生會長講話的時候，有提到指導老師有著落什麼之類的。原來那不是說出來嚇唬人的呀。可是，我們社上有指導老師，這件事也讓我很吃驚。我想他包準是個怪咖老師。

社長對著站在虛構投手丘上的八橋學長，不負責任地撂話說：

「喂～八橋，你不必跟他客氣啦！讓他見識一下你的厲害。」

「喔，你不用說我也知道的啦。不管對手是石崎還是誰都一樣的啦。」

八橋一邊說著挑釁的話，一邊照例投出他的正中半速球。另一方面，身穿白袍的生物老師拿出使盡全力一揮的氣勢，大棒一揮！就在兩個象限交錯的瞬間，勝負已定。

「就說要給你來一球不客氣的啦。」

八橋學長一邊將軟弱無力地彈跳兩次的投手前滾地球接起來之後，一邊要求說：

「那你就請我們喝生物教室的特調咖啡好了唄！餐後需要來一杯的咧。」

「嗯，既然我敗給你們了，那也沒辦法囉。」

他帶著很乾脆的表情，把掃把還給我。

他輸了以後，也沒有開口說「你們這些學生，賭博是不對的呀」。從這一點看來，我想應該就是他了——

石崎浩見，他的確就是我們偵探社如假包換的指導老師。

四

於是我們一行人轉戰到生物教室，去享用石崎泡的特調咖啡。

我是不知道有什麼特別的地方，不過就是一個生物老師泡的咖啡，期待太高的人才有毛病吧。但就在我這樣暗自下了定論之後，石崎竟然開始在我的眼前，把一種透明的液體從透明的瓶子倒進燒瓶裡，然後再把燒瓶放到鐵製的三角架上面，下面用瓦斯燈開大火加熱。接著，他又順勢在一個大的燒杯上放了漏斗，並在漏斗上放入濾紙。然後，石崎拿出一個咖啡色的罐子，用計量匙取出罐子裡的黑色粉末，不多不少正好是四杯份，放進漏斗裡。這時，燒瓶裡的液體開始沸騰了。石崎用燒瓶夾挾起燒瓶，並把裡面的液體從漏斗上方倒進去。在此同時，燒杯裡面就出現了被萃取出來的琥珀色液體。石崎帶著很滿意的笑臉，把這些液體倒進杯子裡。然而，這些東西真的是咖啡嗎？我這個單純的疑問還沒有被解決。我把送到眼前的咖啡杯拿起來，不禁觀察了一下左右兩邊的學長們。不過，就他們的舉動看起來，至少飲料裡面應該沒有毒。既然是偵探社指導老師特地泡的咖啡，在無可奈何的情況之下，好像也只能喝了！我下定這個決心之後，啜飲了一小口。

「喔～這、這、這是什麼東西呀？老師！這麼清爽的口感也太猛了吧？芳醇的香味，再加上微微的甜味！還有那恰到好處的酸味和澀味，令人難忘！這才是咖啡呀！帶苦的成熟滋味啊！」

一杯咖啡帶給我的喉嚨很大的震撼。

「沒想到阿通你這個人還蠻誇張的咧。」

「嗯……不過，我不太懂爲什麼泡咖啡得要大費周章地用這些實驗器材來泡……但是，好喝！」

兩位學長很冷靜地品嘗著杯中的咖啡，我則是樂得很。

終於，石崎提起了凶殺案的話題。今天，在這個學校裡，不可能還有其他話題會被拿出來談論。

「對了，報上沒有登出被害者的姓名，你們一定覺得很可疑吧？沒錯，就是你們想的那樣，被害人不是這所學校的學生。如果你們已經有察覺到這一點的話，那事情就好談了。」

石崎說著，他還透露了一個不知道從哪裡得來的極機密資訊。

「被害者的姓名，聽說是叫田所健二，年齡二十四歲。」

「田所健二，二十四歲」社長複誦了一次。

「照道理來講，確實我也覺得昨天那張高中生的臉是老了一點，可是沒想到他已經二十四歲了。那他是哪一路的人馬？」

「嗯，問題就在這裡了。他的職業呢，好像算是個自由攝影師吧。」

對石崎這句深具言外之意的說辭，社長馬上就做出反應。

「『算是個』這個字眼，是有什麼蹊蹺嗎？」

「是有一點啦。雖然說是個自由攝影師，但他呢，實際上是專門拍那種可以偷窺到名人私生活的那種照片，也就是個偷拍的專家。他很有本事去拍到那一類的照片，然後再賣給宅男雜誌的出版社。所以，扮成學生潛進學校只是第一步而已，舉凡開車跟蹤、爬到高處、在同一個地方長時間監視等等，這些像警察做的事情，他也做過不少次。你們應該也有聽過這種惡劣攝影師吧？」

「就像狗仔隊一樣嘛。」

「就是專業版的攝影少年之類的唄。」

聽了兩位學長的說法，石崎點了點頭。

「嗯，基本上大概就是介在這兩者中間吧。你們都知道，我們學校有演藝班。常有這類的攝影師未經許可就在校門口附近或學生上下學必經的路上亂照之類的問題，要認眞數起來那還眞是數都數不完。而這當中也有一部分的攝影師，乾脆就光明正大地潛進我們學校裡來。我們對於如何防範這些人，也想得一個頭兩個大……所以，最後終於發生了今天這樣的問題了。」

石崎啜了一口咖啡杯中的咖啡，冷靜了一下之後，又說：

「被殺的是個偷拍狂，而不是我們學校的學生。這也算是個不幸中的大幸吧。」

「所以這麼說來，」社長開口了：「那個專門偷拍的攝影師田所健二穿著我們學校的制服，潛進放學後的校舍裡是想……？」

「嗯，他的目的已經昭然若揭了咧。」

「就是想要偷拍吧。」

「那麼，問題是，田所想照的人是誰咧？」

「當然是演藝班的那群偶像明星吧？」

「嗯，應該是吧。」社長點了頭。

「這樣看來，爲了要偷拍而潛進我們學校的田所，被不明人士所殺害。也就是說……」

「嗯，演藝班那些人反擊的場景，我可以想像。」

「如果是演藝班的學生的話，昨晚……西野繪理佳在學校。」

「嗯，她畢竟只是其中的一個可能。」

然而，八橋學長反駁了我們的見解。

「西野繪理佳是凶手喔？真的假的？我沒辦法想像那個畫面咧。」

「喔，怎麼啦八橋，難不成你是西野的粉絲呀？不會吧，她的個性很嗆喔。」

「你白痴喔？誰在跟你講那個咧？我再講得更理論一點唄。聽好，如果今天被害人是被從後面重擊打死，或被飛過來的東西打死，這類的死法的話，我還可以理解啦。可是，昨天晚上的那個死者，他幾乎是直接被從正面刺殺胸口致死耶。就算當時被害人多少有降低一點戒心，一個女孩子也很難這麼直接從正面刺他胸口吧？」

「這樣講也對喔。那麼，凶手是男人囉？」

「我是這樣想啦。」

「不過，就算凶手是男人，要直接從正面刺殺被害人的胸口，還是一樣很難喔。」

「我也是這樣想。所以咧，我是這樣想啦：凶手是男的，而且應該和被害人認識唄。」

「和被害人認識？你的意思是說，這所學校裡面有人和偷拍狂是認識的？」

「說不定有咧，至少不能完全否定唄，只是可能性高低的問題啦。」

我在這裡發表了一下我的意見。

「會不會有可能潛進來偷拍的有兩個人？也就是說，有一個來偷拍的是田所健二，另一個來偷拍的成了凶手……」

「原來如此，你是把田所被殺一事，往偷拍狂窩裡反的方向來思考呀。」

「喔～這有可能咧。偷拍到照片之後，原本同夥的兩人開始搶照片，最後演變成凶殺案。凶手在我們發現屍體之前，就已經逃到校園外去了——這樣合理喔。」

一直沉默地聽著我們討論的石崎，終於開了口：

「的確，田所可能有同黨。再說，昨晚學校附近確實有很多看熱鬧的人聚集，這些人當中，有好幾個人親眼看到有個身穿制服的男子，從學校翻牆逃出去。如果這個人就是田所的黨羽，而且他就是犯人的話，對學校來說是一個最好的結果，因爲這樣一來，凶手和被害人就都不是我們學校的人了。可是，眞的是這樣嗎……？」

「『眞的是這樣嗎？』是什麼意思？」我問道。

「嗯，例如說，凶器的問題。你昨晚有看到插在被害人胸口的凶器嗎？」

「是一把刀對吧？我只看到刀柄的部分。」

「那不是刀喔，」石崎訂正我的說法，「聽說那把凶器是打孔錐。你看，和這把是一樣的東西。」

石崎把隨意插在桌上筆筒裡的打孔錐，拿給我們三個人看。

「會把這種東西拿來當凶器使用的人，應該是我們學校裡的人才對吧。至少，它應該不會是窩裡反的偷拍狗仔會拿出來用的一種凶器。」

石崎說的沒錯。我從石崎手中把打孔錐接了過來，拿在手上把玩了一下。

樸實無華的握柄，看來強調的是它的機能性。銳利的錐尖，如果說能刺穿一千張紙或許言過其實，但是一口氣刺穿個幾十張影印紙應該沒問題。是一個無可挑剔的凶器。

「原來如此，凶手就是用這個東西猛力一刺，傷及心臟，才會有那麼大量的出血呀。」

我輕晃了一下右手。社長用很嚴肅的表情，慌張地說：

「阿通！把那個給我！你這樣很危險！」

「？」

「要是不小心刺到眼睛怎麼辦！」

他好像有銳器恐懼症，還眞是個囉嗦的人。我把打孔錐交給了八橋學長。

「從凶手選用的凶器來看，應該不是一起有計劃的犯罪唄。」

八橋學長用打孔錐的錐尖牽制住社長，一邊描述自己的見解。

「如果是有計劃的犯罪，凶手一定會事先準備好凶器，大可不必拿這種不太可靠的東西來當凶器。一般至少會準備個刀子之類的唄？對吧，流司？」

「確、確實八橋講的有道理。」

社長像是要從打孔錐的威脅當中逃開似地站起來走近窗邊，一邊說：

「沒錯。追根究柢，這宗案件的被害者——田所健二昨晚會潛入校園這件事情本身，應該就是沒有人會預期到的。因此，遇見田所，也是凶手本人意料之外的事，當然也就沒有事前準備凶器。可是，因爲某些緣故，凶手突然動手殺了田所。而凶手所使用的凶器是打孔錐，恐怕是因爲打孔錐就剛好出現在他手邊吧？手邊就有打孔錐，而且還能用得很順手的人——我知道了，凶手是個老師，因爲老師們的桌上或抽屜裡大都有放打孔錐。」

很奇怪。只要是從社長嘴裡說出來的，不管是什麼樣的結論，都顯得很草率。我開始覺得凶手不是老師了。

「不是只有老師會用打孔錐唄？學校裡面也有不少同學有打孔錐吧？只要找一找文藝類社團的社辦，我覺得應該可以搜出不少支咧。」

「分析得很好。」石崎點頭稱是。

「話說回來，你們的社辦裡面有打孔錐嗎？」

石崎這個不帶任何惡意的問題，讓我們三個人不禁全身僵硬。

「……」

「？」石崎在凍僵的氣氛當中瞪大了眼睛。「哎呀？怎麼了嗎？」

「哎……那個，我們連社辦這種東西都沒有。」

聽了我這句話，石崎的眼神突然在半空飄了一圈。

「哎！啊……是喔？哎呀呀，抱歉抱歉。」

看來石崎還沒搞清楚我們社團的活動情況。

「話說回來，」

我又把話題拉回到凶器上面。

「打孔錐上面沒有找到指紋嗎？」

「阿通，你白痴啊？現在這個時代的殺人犯，誰還會把自己的指紋留在凶器上咧？」

「可是，打孔錐上面有它主人的指紋，應該也不奇怪吧？」

「嗯，這倒也是咧，」八橋學長點了點頭，轉向石崎說：「老師，這個部分有消息嗎？」

「以結果來看，據說目前在凶器上並沒有採到任何指紋。」

「連打孔錐主人的指紋在內，所有的指紋都被凶手擦掉了嗎？」

「不，還談不到擦不擦的問題，凶器根本就已經變成了一個無法採取到指紋的狀態。以打孔錐來說，可以採到指紋的，應該就只有握把的部分而已。然而，這個關鍵的握把部分，已經全都沾滿了血。由此可見，死者是相當程度的大量出血。」

我回想起昨晚的情景。確實插在屍體上的凶器上，全都沾滿了黏稠的血液。從被害人傷口流出來的血，就這樣把所有的指紋都洗掉了。

「凶手連擦指紋的動作都省了呀……？對了，老師，」

我把從剛才就一直很想問的問題，拿出來問石崎。

「這些應該只有警察才會知道的資訊，老師是從哪裡得到消息的？」

石崎聽完，若無其事地說：

「要說是從哪裡嘛，當然就是警察告訴我的囉。剛好警方那邊有我以前的老朋友，也就是我大學時代的晚輩，有多少透露一些消息給我。不過說穿了，對方好像也對我有所圖的樣子。」

「有所圖……？警方到底期待老師可以提供給他們什麼？」

「我也不知道耶。應該是希望我幫他們解開密室之謎吧？」

石崎說完，依序看了看我們三個人，說：

「好了，那就讓我來問問密室的事情吧。昨晚的密室是什麼情況，你們誰來給我詳細說個清楚。」

於是，我們多摩川社長，用少得可憐的字彙，加上誇大的描述，以及不時離題的論點，又把昨晚的事情經過重述一次。石崎很有耐心地聽完社長這段令人費解的說明。

「簡單來說，眞田醫師鎖上保健室的門，離開組合屋校舍的時間是晚上七點半。之後，小松崎老師到保健室來察看的時間大概是晚上七點四十分左右。在這大約十分鐘左右的時間當中，保健室的床舖上出現了一個沒見過的男人屍體。眞田醫師離開保健室的時候，當然保健室都還沒有任何異狀，因此可以研判凶殺案是在這十分鐘之內發生的。這麼一來，在這段時間當中，凶手和被害人可以進出的地方，就只有保健室偶然開著的窗戶而已。然而，照理說應該只有這唯一的出入口才對，但窗外卻只有溼漉漉的地面，找不到任何有人走過的足跡。這樣說對吧？」

石崎的這一番話，爲昨晚那起令人費解的事件，做出了清楚明瞭的說明。從社長那段教人難以理解的說明，就可以把案發當時的情況掌握得這麼清楚，我只能說石崎的領悟力眞是超凡出眾吧。

「原來如此。就你們的說明聽來，確實昨晚案發現場的情況，可以說是一個密室。不過，要斷定這是不是一個眞的密室，有幾個重點必需要先釐清。你們知道有哪些重點嗎？」

「有沒有秘道吧。這點很重要。」

社長先發難說道。大家都點頭同意。的確，口口聲聲說是密室，吵了半天之後才發現「其實有秘道……」，這種結論就太令人傻眼了。所以儘量要排除才行。

「有沒有備份鑰匙。這點也很重要咧。」

八橋學長接著說。大家又跟著點了頭。的確，口口聲聲說是密室，吵了半天之後才發現「其實有備份鑰匙……」，這種結果簡直就是有罪的，絕對要排除才行。

接著，學長們說完之後，就輪到我上場了。

「眞田醫師的證供是不是僞證。這也是一個很關鍵的重點。」

然而，這次卻沒有人點頭。不要說是點頭了，兩位學長看我的眼神，彷彿就像是我說了不該說的話，是個理應受罰的罪人似的。

「眞田醫師怎麼會說謊？這點絕對不可能啦。」

「是咧，阿通你可不要隨便瞎扯咧。」

怎麼回事？這兩個人都是眞田醫師的粉絲嗎？我不禁把目光轉向石崎求救。沒想到……

「別人我不知道，但至少我覺得眞田醫師是不會作僞證的喔。」

就連石崎的反應也跟學長們差不多。石崎，該不會連你也是吧？我啞口無言。

「等、等一下啦。」

我已經忘我地想要爲我的論調極力爭取其正當性。

「我們會認定這個密室是密室，說穿了都是由於眞田醫師的證供。眞田醫師鎖上了保健室的門之後離去，當時保健室裡還沒有任何異狀，因此凶手是在門被鎖上之後才犯案的——這是讓密室成立的前提條件吧？但是如果今天眞田醫師是在說謊的話，這個前提就被推翻了。說不定她離開保健室的時候，床鋪上面已經有屍體了。換句話說，也就是從凶手犯案，到我們發現屍體的時候，早就已經超過了十分鐘。」

「……」

大家都沒有反應。在一片駭人的沉默當中，我只好再拚命往前衝刺。

「接著，屍體在七點四十分左右被發現，眞田醫師帶著若無其事的表情出現，成爲第一個發現案發現場的人之一。然候她利用自己身爲校醫的身分，率先跑到屍體旁邊，說『這是一宗凶殺案』等等，聽起來非常像那麼回事的話。另一方面，她在我們想靠近屍體的時候，又說『請大家不要碰屍體』，讓我們不敢靠近屍體。結果，我們就誤以爲，在上了鎖的保健室裡——也就是眞田醫師不在案發現場的這段時間裡，發生了一起凶殺案。可是，現實卻是像我剛才說過的——哇！」

然而，現實卻沒有給我太多發言權。八橋學長給我一記鎖頭攻擊，

「呃！」

在此同時，多摩川社長又向我施以連續頭槌。

「鏗！鏗！鏗！」

我那隻想求救的右手，望著錯誤的方向，然後在抽著香煙的石崎面前，突然無力地在半空中游移。

我的「眞田醫師眞凶論」好像碰觸到了他們覺得碰不得的地方。搞不好是我的論述太過縝密了一點也說不定。

在兩位學長的攻擊之下，無計可施，意識開始模糊的我，突然被銅鐘的聲響救了一命。從喇叭裡傳來的銅鐘聲，不對，仔細一聽，是宣告午休時間即將結束的鈴聲。得救了！

社長萬般不願意地放了我，然後放聲咆哮說：

「眞田醫師絕對不會是凶手！眞凶另有其人！懂了嗎？諸位！」

多摩川社長又開始了他最擅長的長篇大論。

「我們可以說是面臨了創社以來最關鍵的局面。昨天晚上，在我們鯉之窪學園的保健室裡突然發生的凶殺案，目前認爲是密室殺人的可能性相當高。門口已上了鎖，開著的窗戶外面也沒有犯人的腳印。天花板上當然沒有夾層，地板下面也沒有秘道。可是凶手卻從某處成功潛入了案發現場，也就是保健室裡面，上演了一齣血淋淋的殺人戲碼之後，又往某處逃逸無蹤。這起發生在我們偵探社地盤上的事件，對我們來說可謂是一大挑戰，甚至可以說是一大挑釁。這也可以證明凶手認定了我們是一群値得挑釁的智囊團。偵探不能選凶手，凶手卻可以選偵探。換句話說，我們現在可是被凶手選上的。啊啊，身爲被選中的人，我內心充滿了惶恐與不安啊！」

「喔！前田日明創辦UWF[11]的時候說的話耶！」

「白痴，哪來的前田日明咧？太宰治啦！太宰之類的要加減知道一下啦！」

哎，是喔。我確實也覺得這些話從摔角選手的嘴裡說出來，好像格調太高了一點。

「所以呀，諸位！」

又是「諸位」呀。

註11：Universal Wrestling Federation，由前田日明與剛龍馬等摔角選手組成，從新日本摔角聯盟獨立出來的新聯盟，強調「眞實格鬥」。

「我們是被挑選上的偵探，所以我們就得要讓凶手知道自己找錯對象了。也就是我們必需要把凶手的所做所爲抽絲剝繭地抓出來，解開密室之謎，把事件的全貌給攤開在陽光下才行。這是我們的使命，也是我們偵探存在的意義所在。當然，我們的行動也將會爲這個動盪的學園找回往日的平穩與平靜，這一點自不待言。」

「動盪的學園？」

我想應該是在指鯉之窪學園吧？雖然我覺得這間學校還蠻悠閒的。

「動盪的應該是某人的腦子唄。」

八橋學長說話果然還是很直接。

在這當中，只有石崎嘴上依舊叼著煙，拍手稱是：

「哎呀呀，眞是了不起的偵探宣言呀！不愧是社長，了不起了不起，我很期待你們的表現。好好加油啊！」

五

我好不容易回到教室的時候，已經是午休結束的鐘響一分鐘之後了。就在我把手放到緊閉的拉門上的那一瞬間，眼角餘光掃到了教室內的情況——我們班的班導師兵藤，已經站在講臺上了。

「慘了，兵藤這個豬頭，已經來了啦！」

兵藤應該沒有聽到我的喃喃自語才對，但他卻往這裡一看。站在走廊的我，和站在講臺上的兵藤，視線透過了玻璃窗，瞬間四目交會。

「喂！赤坂！午休時間早就結束了吧！」

兵藤衝下講臺，打開門跑到走廊上。

「準備上課的提示鈴，五分鐘前應該有響過了喔。爲什麼遲到？」

要順利地解除這種危機，可就需要相當的深思熟慮了。「跟你有什麼關係」或「誰理你」之類的狠話，只會讓事情鬧得更不可開交，不可不愼。不過話雖如此，要是說個什麼「我本來待的A地點，和教室的距離太遠了」或是「我本來以爲應該來得及，結果時間沒算準」之類的，就算確有幾分事實，兵藤大概也不會原諒我。如果說「多摩川社長講話講太久」之類的理由，想必兵藤會不由分說地斥責我說「不要拿別人當藉口！」我究竟應該說什麼才好呢？

「呃……該怎麼說才好呢？」

「沒有理由！」

我什麼都還沒說！

我已經放棄去說服兵藤了。說穿了，老師不是想罵學生，也不是想聽藉口，只是想展現自己的威嚴而已。對了，這時候需要的不是反抗，而是配合的態度。我就老實地鞠躬謝罪，頂多再被打一下頭也好。於是，我採取了這樣的態度。

「對不起。」

「喔，還蠻老實的嘛。」兵藤像是佩服般地點了頭，「好吧，看在你這個態度的分上，這次就饒了你，以後不要再犯了。」

兵藤「砰」地用右手打了一下我的頭，但感覺就只不過像是被他輕輕摸了一下而已。

「是，我下次會注意。」我老實地回話之後，抬起頭來。然而，就在下一個瞬間，兵藤那副本來就很慘不忍睹的嘴臉，扭曲得更醜。

「喂，喂，喂！你這是怎麼搞的呀！」

「啊？到底怎麼回四呀，老斯？」

咦，我話說不清楚了！奇怪。鼻子附近好像也有一點癢癢扎扎的。

正當我覺得不明究理，把手放到鼻子上的時候，才發現有一道液體從我的鼻子流淌了下來。它又滾落到了地面上，在地上暈開了一灘紅色。血，是鼻血！

「我、我、我可是什麼都沒做喔！我沒做什麼會讓你流鼻血的事喔。什麼都沒做！」

我懂了。兵藤會這麼手足無措，也不是沒道理的。這些鼻血，八成是剛才學長們不講理地攻擊我，才會流出來的。八橋學長的鎖頭攻擊，先壓迫到了血流，後來社長的頭槌，又帶給了鼻孔一些損傷。兵藤的「砰」，頂多只是壓垮駱駝的最後一根稻草罷了。

「什麼？這些鼻血跟老斯沒關係啦。走吧，我們進教室企。」

「哇！等等，赤坂，你先冷靜點呀！我們冷靜點好好講清楚，好嗎？」

「？……我不是說了跟老斯沒關係嗎？」

「我懂、我懂。這當然呀，當然跟我沒關係。可是這就是所謂的順理成章，你想一想，同學們可是都有聽到我大罵『喂！赤坂！』然後就衝出來了。要是你就這樣滴著鼻血回教室的話，同學們會怎麼想？他們包準會以爲是我在走廊上把你海扁到流鼻血的。這樣一來，我就會被貼上暴力教師的標籤，失去學生們對我的信賴，家長對我的抱怨接踵而來，校長也會斥責我。你覺得我可以容許這種事情發生嗎！你是打算要害我失職是吧？」

原來如此。他的擔憂也不無道理。

「我瞭解了，老斯。」我再次深深地點了頭，接著把手伸向門。「來吧，老斯，我們一起回教室……」

「誰准你回去的！」

兵藤迅雷不及掩耳地走到我身後，把我架住。在我頭上「砰」地打一下，我覺得一點也不算暴力，但架住我就顯然是施暴了。就某種層面來說，即便被貼上暴力教師的標籤，他應該也無從狡辯才對。

「那個……老斯，你要我怎麼做呢？我下午的課可以不散嗎？」

「下午的課已經決定要全面停課了。受到那宗凶殺案的影響，根本上不了課。只要做完集體導生談話就可以放學了。」

我擺脫兵藤的控制，向他建議：

「那就請老斯回企進行導生談話，我則是趁這段時間到保健室去把鼻血止住。這樣應該可以吧？」

「喔！赤坂，你終於開竅了呀！老師覺得很欣慰啊！」

果然需要的還是「配合的態度」。

六

我一直認爲有必要和校醫眞田老師好好聊一聊才對，正好現在可以用「流鼻血」這個理由去找她。我一邊把武富士[12]的免費面紙塞進左邊的鼻孔裡，一邊往保健室前進。

成了凶殺案現場的保健室，現在當然已經是被勒令禁止閒雜人等進出了。因此，在教職員辦公室旁邊，另闢了一個臨時的保健室。順帶一提，這是一間非常低調的臨時保健室。不過，這裡說穿了就是教職員辦公室旁邊的一間會議室，是一個相當荒涼的空間。

然而，在這樣一個缺乏點綴，無機質無可愛無感動的光景當中，幸虧有一位年輕可人的女性，在千鈞一髮之際，挽救了這個局面。她也就是在這次的事件當中掌握關鍵的女

註12：一家小額信貸業者。

性——鯉之窪學園的校醫．眞田仁美醫師。

我呢，繼昨天之後，今天是第二次和眞田醫師近距離接觸。然而，現在在我面前的她，和昨天的感覺完全不同。我花了片刻時間，思考究竟是哪裡不同，才發現之間的差異：昨天她已經換下醫師袍，改穿便服了；而今天她還在執勤，所以當然是身穿著白色醫師袍。女生給人的印象，是會隨著衣著而大大不同的啊。眞田老師穿這套白袍很好看。

「哎唷，你是昨天晚上也在場的人嘛……你應該是叫做，赤坂同學？」

眞田老師面帶微笑地迎接我的到來。

「我叫赤坂通。昨天多虧有您……」

「沒這回事。我才覺得多虧有你在。」

眞田醫師就像是收到中元節禮品似的，深深地鞠了一個躬，說：

「今天怎麼了呀？感冒了嗎？還是頭痛、牙痛、生理痛？」

還眞是個有品的笑話。

「啊？」

「唉呀，我開玩笑的啦。」

「呵呵……我想也是。」

眞田老師竟然很出乎我意料，是個愛說笑的人。她從頭到腳指上下打量了我一番之後，用手指著我臉龐的中央部分。

「我知道啦，你流鼻血了是吧？」

「……」

完全正確！……我是很想這樣說，然後陶醉在感佩之情當中。但只要看看我鼻子裡塞的面紙，這件事應該是任憑誰都知道的吧。

「流血的原因是頭槌吧？」

「……」

「我開玩笑的啦，開玩笑！」

好神！完全沒錯。搞不好她是個名醫。

「那先讓我看看你的鼻子喔。」

她把手伸到我的鼻子前面，拿掉了塞在鼻子裡面的面紙。這時我很清楚地感受到：剛才在左邊的鼻腔裡不知道該往哪裡流的血液，倏地開始在鼻腔裡奔湧。

「這個沒有大礙啦。」

眞田醫師斬釘截鐵地斷定。

「跟昨天晚上死掉的那個男人的出血相比，這點鼻血只是小意思。」

這也算是笑話？如果要算是的話，那可還眞是一個超級黑色的幽默。

眞田醫師用手托住我的下顎，用很認眞的表情重新凝視了我的鼻頭好一會。這還眞是一個不得了的狀況——這麼近距離地端詳真田醫師的臉，我才發現她真的是很有魅力，既有知性的美感，又有少女的可愛。這兩個乍聽之下很衝突的兩種魅力，同時並存在她的身上，也難怪社長和八橋學長把她當偶像了。此外，她的身上還有一股淡淡的香味。這股柑橘類的甜香是怎麼搞的？我內心的悸動翻湧了起來。我用右邊的鼻孔，深吸了一口她的香味，接著便從左邊的鼻孔不斷地冒出血液來。或許美女校醫不適合治療鼻血吧。

「我還好嗎，醫師？」

「呃～喔～」

「哇！醫、醫師！妳怎麼了？怎麼突然『呃』的一聲！」

我被這突如其來的狀況嚇了一跳，不過我還是立刻伸出雙手，撐住她的身體。

她在我的懷裡倒了下去，說：

「對不起，有一點，輕～微～的～貧～血……」

「貧血？」妳是醫生耶！

「不好意思，我對大量出血是不會怎樣，但很怕微量的出血。」

「……」

還真是特殊體質。這樣可不適合當校醫。

「沒關係。我等一下休息一會就好了……啊，剛好。剛好這裡有床。不好意思，讓我

「稍微、稍微躺一下。」

「啊？等、等一下！」

無視於吃驚得目瞪口呆的我，她就這樣用緩慢的動作，把自己的身體擺到了床上去。最後，終於完全佔領這張床的她，閉著雙眼，眉頭深鎖，無力地「呼……」的一聲，嘆了一口氣。我迫於無奈，也只得找張摺疊椅坐下，還找來一條濕毛巾放在她的額頭上。

我已經搞不清楚自己到底是爲了什麼而來到這裡的。

「呃……赤坂同學，」

躺在床上的校醫虛弱無力地呼喚了我。

「流鼻血的時候，最適當的治療方法就是冰敷患部，臥床休息。你自己照這個方式處理一下吧。」

「好，好，」我連聲應和，但不知道爲什麼，我就只一直坐在椅子上。

「鼻血已經可以先不用管它了。話說回來，我可以問醫師昨晚的事情嗎？」

七

有兩件事情得要先問清楚才行——有沒有備份鑰匙和秘道。

「鑰匙我有一把，警衛室那邊還有一把，總共就只有這兩把而已，沒有其它的備份鑰匙，應該也沒有人拿走我這把去打備份鑰匙才對。當然那間保健室裡更沒有秘道什麼的。地板應該是絕對拿不起來，天花板應該也絕對推不上去才對。」

眞田醫師的回答幾乎都在我的預料之內。再更仔細想想：儘管眞田醫師再怎麼否認，事實上還是可能會有備份鑰匙，也有可能存在著秘道。雖然她自己脫口說出「絕對」，但這個世界上沒有所謂的「絕對」，重點是「相信」或「不相信」的問題。

「醫師離開保健室的時間是晚上七點半。當時保健室裡還沒有任何異狀吧？」

「嗯，當然沒有，當時什麼事都沒有呀。」

「十分鐘之後醫師回到保健室，就發現凶殺案，對吧？」

「嗯，沒錯。」

我其實在不經意當中，問了她一個很重要的問題。不過她看起來絲毫沒有說謊的跡象。

「我清楚了。我相信醫師是清白的。」

我收回午休時間我在生物教室裡說過的「眞田醫師眞凶論」。這起凶殺案，確實是在眞田醫師不在場的十分鐘之間發生的。因此，我想她不可能會是凶手。不對，我相信她不是。

「謝謝你。」

躺在床鋪上的她，很坦率地道了謝。

「對了，上午有刑警來過。我記得是一位叫祖師之谷的警部吧？他一直都不肯相信我，我覺得很煩。」

「祖師之谷警部還有什麼懷疑的地方嗎？」

這時，臨時保健室的門口突然響起了一陣很不客氣的敲門聲。眞田醫生從床上出聲問：「哪位？」隨後拉門嘎啦嘎啦地被拉開，敲門的人回話說：

「我是祖師之谷大藏。」

傳說中的警部，伴隨著他最自豪的「自報全名」，出現在這裡。他出場的時機，絕妙到讓人吃驚。另一方面，他對校醫躺在床上，同學照顧校醫的狀況，露出了很不解的表情。

在祖師之谷警部的身後，稍隔一點距離的地方，照例還有烏山千歲刑警在。

「怎麼了？警部有何貴幹？」

「呿，又是你呀。你還眞是陰魂不散呀，青山同學。」

「警部，他是赤坂同學。」千歲小姐委婉地指正他。

「嗯……是喔？反正青山和赤坂差不了多少。」

祖師之谷警部還眞是個死鴨子嘴硬的傢伙。他表現出對我一點興趣都沒有的態度，隨即把話峰轉向眞田醫師。

「醫師，上午請教您的事情，可以再回想一次看看嗎？」

「鑰匙的事情是吧？」

眞田醫師終於從床上坐了起來，對我簡單扼要地說明：

「警部懷疑我是不是昨天晚上離開保健室的時候忘了鎖門。對吧？警部。」

「『懷疑』這個說法有點不妥。我只是在陳述一個可能性而已，一個足以說明昨晚案發現場所有無解狀況的可能性。」

「等一等，千歲小姐。」

我照例還是向烏山千歲刑警提問。

「只要眞田醫師忘了鎖門，昨晚的密室狀態就可以解釋了嗎？」

「是這樣沒錯。赤坂同學，你聽好，」

千歲小姐代替祖師之谷警部說明原委。

「我想你也看到了，案發現場的保健室的鎖，只是個鎖頭。一般像這種鎖頭，開鎖的時候是需要用到鑰匙沒錯，但是上鎖的時候是不需要鑰匙的。一個開著的鎖頭，只要把鐵棒的部分用力壓進鎖頭裡，直到有『喀啦』一聲，就完成上鎖的動作了。對吧？」

「沒錯，鎖頭確實是這樣的東西。」

「那麼，這裡我做個假設——假如昨天晚上，眞田醫師忘了鎖上門。她本人可能一直以爲有鎖上，但實際上是忘了鎖的。也就是說，眞田醫師把鎖頭放在門口附近，人就走掉了——你可以試想看看，這樣一來，凶手就可以自由地在保健室殺人了呀！因爲根本就是如入無人之境嘛。」

千歲小姐一邊在屋裡踱步，一邊又繼續說下去：

「凶手帶著被害人，從沒有上鎖的門口進入保健室，然後在保健室裡行凶殺人。被害人的屍體就這樣倒臥在床舖上。行凶後，正當凶手想要離去時，突然無意間發現了放在門口的鎖頭。凶手一陣竊喜，便把鎖頭帶到走廊上，親手鎖上這個鎖頭，然後揚長而去……這樣的邏輯有任何矛盾之處嗎？」

我一邊凝望著千歲小姐美麗的雙眉，一邊回答：

「沒有，沒有什麼矛盾之處……啊，對了，那凶手爲什麼要鎖上門鎖才離開呢？」

這個問題我當然是希望千歲小姐回答，但不知爲何，殺出了祖師之谷警部這個程咬金，回答說：

「啊？這種小事不是很明白了嗎？當然是因爲上鎖的話，多少可以延遲凶殺案被發現的時間呀，對吧？這應該一點都不奇怪吧？」

「確實是一點都不奇怪。」

換句話說，也就是個不好玩又不奇怪的推論。這種不好玩又不奇怪的事情，從祖師之谷警部的嘴巴裡說出來，更是無聊透頂。不過，對於一心尋求破案的警方來說，這應該是一個很皆大歡喜的詮釋吧。

祖師之谷警部又再問眞田醫師：

「醫師有什麼高見？對於昨天晚上保健室的情況，是不是應該除了現在烏山刑警的這番說辭以外，別無其他可能才對？」

「喔，我很瞭解警部想表達的意思，不過……」

眞田醫師好像對自己的一舉一動很有自信，擺出了一副和她的外形迥異的強硬姿態。

「我的回答還是不變。我呀，昨天離開保健室的時候，的的確確有鎖門。我記的很清楚，所以我也只能這樣向您報告。如果警部不相信我的說法，那我也無可奈何。」

祖師之谷警部露出些許困惑的表情，抓了抓頭。

「嗯，可是這就怪了，沒有其他的可能啦。」

祖師之谷警部的口氣，聽起來就像是在責備眞田醫師似的。這時候，助眞田老師一臂之力的，不正應該是我的責任嗎？

「警部，凶手進入保健室的路線，不是只有門口大門這一條路而已吧？還有一扇忘了關的窗呀！那一扇窗才可疑吧？啊，對了，眞田醫師……」

先前都沒注意到的問題，我偏偏在這種時候在想到要問。

「保健室的那扇窗當時爲什麼開著呢？」

「起因是由於有個裝藥的瓶子打破了。因爲那個瓶子裡裝的是帶有阿摩尼亞臭味的消毒液，雖然撒在地板上的部分已經馬上擦乾淨了，但當時是下午七點，昨天晚上的這個時間還有一點悶熱，所以開個窗室內才剛好是適溫。後來，藥品的異味散了，我也就忘記窗戶還開著這件事了。」

「所以醫師才會讓窗戶開著就離開保健室，是吧？」

「嗯，沒錯。」

如果是眞田醫師的話，這種不小心還蠻有可能會發生的。應該不是捏造的才對。

「這樣的話就沒問題啦！警部，凶手是從剛好開著的窗戶進來的。」

「你可不要胡說八道喔，小子。」

祖師之谷警部很乾脆地搖了搖頭。

「窗外的地面上是濕的，而且沒有腳印。就算姑且不論腳印的問題，還是有疑點。凶手爲了要殺害被害人，爲什麼還要專程從窗戶爬進保健室呢？這不合理嘛。」

「這當中必定是有什麼原因的吧。」

連我自己都覺得沒有說服力。

「原來如此。那麼假設，凶手確實是有原因的好了。這樣一來，就表示被害人也要配合凶手，一起從窗戶爬進保健室。那這個被害人還眞是乖呀！乖到要配合凶手，讓凶手把自己殺掉？」

「說得也是。確實是有一點不合理。」

「是很不合理吧？不可能啦。」

「如果說凶手是被害人的同夥，這個角度怎麼樣？聽說被害人不是爲了要偷拍明星藝人，才潛進學校的偷拍狗仔嗎？這樣一來，偷拍狗仔窩裡反這個方向，不也有可能成立嗎？」

「眞沒想到會從你這小子嘴裡聽到『窩裡反說』。我不知到你是從哪來的靈機一動，不過，『窩裡反說』是不賴，但是疑點同樣很多：爲什麼凶手窩裡反要選在保健室呢？爲什麼什麼凶器會是打孔錐呢？」

「凶器的話，說不定是凶手偶然隨手拿起了保健室裡有的東西呀！」

「保健室裡面沒有放打孔錐。對吧，眞田醫師？」

「嗯，保健室裡本來就沒有放打孔錐，」

這樣的話，凶手就變成是專程從別處帶了凶器進來，並且在保健室行凶。難道這不是一宗臨時起意的凶殺案嗎？

祖師之谷警部見縫插針，趁大家的對話停下來的時候，說：

「總之鑰匙的事，可不可請醫師再仔細回想一下看看？那我們就先告辭了。烏山刑警，我們走！」

兩位刑警一同步向門口。

這時，警部又突然停了下來，輕舉起右手說：「啊，對了對了。還有一個問題。」我內心暗自一驚：警部的口中該不會說出「我老婆……」之類的話吧？我猜想應該有很多警界的警部會想模仿神探可倫坡。

「還有什麼事嗎？」
面對滿臉詫異的眞田醫師，警部又問了那個曖昧不明的問題。
「醫師昨天晚上跑到被害人身邊的時候，有沒有撿走被害人身上的什麼東西？或是醫師有沒有看到誰撿走了什麼東西？」
「啊？我沒有撿走任何東西。如果有撿的話，我會跟警方說。」
「我想也是。別在意，我不是在懷疑你。啊，對了對了，我也再問一下赤坂同學好了。你呢？你有沒有從案發現場偷走什麼東西呀？」
「你問醫師的時候就說『撿』，問我就用『偷』，會不會太過分了一點啊？」
「別動氣別動氣，我順口就說說的嘛。」
「我既沒偷也沒撿。」
我滿臉不爽地回答之後，又回馬槍問了他一題。
「所以就是案發現場有東西不見了囉？是吧，警部？」
祖師之谷警部用冷淡的態度說了句「沒有，沒什麼」，就掉過頭去，說了句「那我先告辭了」，就拉開門離開了。眞田醫師對著他的背影，很溫柔地說了一聲：
「祝你早日康復～」

八

治療完鼻血（？）之後，我也在眞田醫師的那聲「祝你早日康復～」當中，離開了臨時保健室。我還一邊在想，我到底有什麼要早日康復的。

從走廊上的窗戶向外看出去，已經有很多身穿制服的同學，不斷地成群湧到校門口。對了，剛才兵藤說過，下午的課都已經停課了。這樣的話，我也沒有理由久留，差不多該準備回家了。

就在我正要邁開步伐的時候，我的身後突然有人猛力地撞了上來。我像是被對方的衝擊力道壓倒似地，在走廊上整整轉了一圈半。等到我轉完的時候，在我面前出現的是一張我不認識的面孔。

對方是一位阿姨，看起來似乎很匆忙的樣子。濃妝和叮叮噹噹的飾品，妝點著她那不知如何是好的表情。

「哎呀，對不起。」阿姨匆匆道過歉之後，問：「教職員辦公室在哪裡？」

我指了指教職員辦公室所在的方向，阿姨便草草道謝，快步離開。沿路還留下濃重的香水味。總覺得她匆忙得很心不在焉。

「那個阿姨在搞什麼？有要開家長會嗎？」

可是，在發生凶殺案的隔天開家長會也很奇怪。我歪著頭想，這時背後突然冒出一個聲音跟我說：

「那位阿姨……」

我嚇了一跳，回過頭。沒想到在我眼前極近的地方站著一位女孩。這張臉，是昨天晚上也看過的臉——演藝班三年級，西野繪里佳。

「是藤川同學的母親喔。」

「啊？」我用不明究理的表情反問。

「藤川同學是誰？」

「就是藤川美佐，我的同班同學囉。」

最近人氣扶搖直上的偶像藤川美佐，好像是個高三生。她唸的當然是演藝班，所以和西野繪里佳也是同學。不過，就算我啓動所有的想像力，也很難想像出藤川美佐和西野繪里佳坐在彼此的隔壁座位，一起上課的光景。對我們一般學生來說，儘管這些演藝班的同學是同一所學校的人，但還是讓人感覺他們是一團謎。

「那爲什麼藤川美佐的母親，要這麼匆忙地趕到學校來呢？」

況且還是凶殺案的案發隔天，啓人疑竇。

「其實呀，」西川繪里佳壓低了音量說，「藤川同學今天沒來學校上學。」

「不會是因爲有工作在身吧？」

如果是因爲工作而請假的話，西野繪里佳就沒必要壓低音量了。

「當然不是，是無故缺席。而且狀況還很詭異。」

西野繪里佳像是在顧忌著隔牆有耳似地，一邊小聲地繼續說。

「你們應該也知道我昨天晚上留在自習室參加本多老師的課後輔導吧？我記得你們和工友伯伯一起過來自習室巡察的時間，是晚上七點過後吧。」

「嗯，沒錯。當時西野同學妳的確是和本多老師兩個人一起待在自習室。」

「不過，其實這句話說得不完全正確。昨天晚上參加課後輔導的，是本多老師、藤川同學和我，總共三個人。剛好就在你們出現在自習室之前，藤川同學確實有跟我一起上本多老師的輔導課。後來藤川同學上完課先離開，而你們幾乎就像是和她擦身而過似的，在她離開之後才走進自習室來。」

「是喔？我還眞的都不知道。不過這有什麼問題嗎？」

「你還眞是遲鈍呢！」西野繪里佳像是有點不耐煩似地扭動了一下身體。

「你聽好，昨天藤川比我們早一步離開的時間，是晚間七點。接著在晚間七點半到七點四十分之間，發生了那一起凶殺案對吧？被殺的人是假扮成我們學校學生的一名男子——我想一定是個進來偷拍偶像的傢伙。」

「嗯，據我所知，死者確實是個專門偷拍的自由攝影師。」

「是嗎？那就包準錯不了。被殺的是個專找偶像偷拍的攝影師，然後今天藤川同學就下落不明了……這樣你應該懂了吧？」

「啊？等、等一下。藤川美佐下落不明了嗎？不是一般的無故缺席，而是下落不明？」

「嗯，幾乎確定就是下落不明了。有跟她的幾個好朋友聯絡過，都找不到人。擔任班導師的本多老師當然也不知道她爲什麼缺席，她媽媽又那樣倉皇地趕到學校來……。結論就是現在沒有人知道藤川同學到底人在哪裡。這不是下落不明是什麼？」

原來如此。這或許可以說是下落不明了。

「會不會是有什麼私事才請假沒來的？」

「不可能的，藤川同學本來應該有打算今天要來上學才對。她明明昨天晚上離開自習室的時候，還跟我說了一聲『明天見囉』才走的呀。」

「有說『明天見』呀……。」

然而，到了今天，藤川美佐卻下落不明了。也就是說，昨晚藤川美佐可能發生了什麼不測？這樣看來，這個「不測」，很有可能是和田所健二凶殺案有關的事情？

當然我不能妄下論斷。不過，時間點吻合，再加上偶像和專門偷拍的狗仔攝影師這兩者之間的關係，讓我的想像不禁越來越延伸。

「搞不好是藤川美佐殺了田所健二，然後畏罪逃逸……？呵呵，怎麼可能嘛？應該沒這回事吧。」

不假思索說出口的話，被我自己否定了。

「藤川美佐眞凶論」——因爲我覺得這再怎麼說，都是個太跳脫的奇想了。

然而，在我身旁聽著這段話的西野繪里佳，卻脫口說出和我截然不同的感想：

「哎唷，就算藤川同學眞的殺了偷拍狗仔，我也不意外。我反倒會想跟她說一聲『做得很好』，順便再畫一朵大花送她呢。演藝班的人，應該大家心裡都會這樣想吧。」

「……」

我對她這番露骨的告白，大爲震驚。社長也說過，西野繪里佳是個很嗆的女生。

九

我和西野繪里佳分道揚鑣之後，一個人走到教學大樓外。

藤川美佐的失蹤，和偷拍狗仔之死，吻合得令人想不追究也難。可是，單就兩者的關聯性來想想：有沒有什麼強力的證據，是足以將這兩者連結在一起的？答案是否定的。因爲目前不可否認的是：自由攝影師凶殺案和偶像藝人失蹤事件，有可能只是偶然前後發生的兩件事而已。

無意識之間，我的雙腳走向了昨天晚上的凶殺案現場，也就是組合屋校舍。

現在組合屋校舍附近當然是已經被封鎖了。除了像我這種普通的學生之外，就連原本以這裡爲據點的老師們，現在也是半步都不准踏進這幢校舍去了。

不過，當我走到第一教學大樓的後面，卻發現音樂老師小松崎律子和教美術的久保毅，正從這裡遠望著組合屋校舍。

「老師好。」

我隨即走到兩位老師身邊問好。畢竟笑容是讓嫌犯鬆懈戒心最好的方法。

「喔，是昨天晚上在場的那個小子嘛。」

「我記得你是赤坂同學吧？」

兩位老師也用不亞於我的燦爛笑容回應。想必他們心裡，包準也把我當成是個嫌犯了。

「兩位老師在這裡做什麼呢？」

「就被從該待的教室裡趕出來啦，所以現在無家可歸，在到處遊蕩呀。反正下午的課也都停課了。」

「你還不回家嗎？」

我打算隨便說個藉口，敷衍掉小松崎老師的問題。

「沒有呀，就，上課是停課了，可是社團活動沒停呀。」

「社團活動？你是哪個社團的？」

「我算是偵探……偵探小說研究社的一員。」

「我們學校有這種社團嗎？久保老師，您聽過這個社團嗎？」

「我也不知道咧。」

又高又壯的美術老師左右轉動著他那粗胖的脖子。

「不過，我們學校有很多奇奇怪怪的社團，所以有些我們沒聽過的社團，也不足爲奇。你們社團有指導老師嗎？」

「是教生物的石崎老師。」

「有這位老師嗎？久保老師，您聽過嗎？」

「我也沒聽過咧。」

你嘛幫幫忙。

「不過，我們學校有很多奇奇怪怪的老師，所以有些我們沒聽過的老師，也……」

不足爲奇？原來如此，這倒是言之有理。

「對了，你呀……」久保用極其認眞的表情問我。

「你既然是偵探小說社的人，就表示你對運用『灰色腦細胞』解開密室之謎之類的事情有興趣吧？」

灰色腦細胞？那是什麼東西？我沒聽過[13]。

「呃，算是對密室有興趣吧。」

總之先回答個安全的答案。

註13：「動動你的灰色腦細胞」是推理大師克莉絲蒂筆下名偵探白羅的口頭禪。

「我也是。那我問你一個問題。你覺得在美術教室的我，還有在音樂教室的小松崎老師，有可能攀在那幢組合屋校舍的屋簷和雨槽上嗎？然後還要一邊攀在上面，一邊橫向移動到保健室，再從保健室的窗戶闖進保健室裡的這種特技，你覺得我們可以做得到嗎？」

我又再重新打量了兩位老師一番。美術老師的腹部四周是肥胖有餘，音樂老師，則有一雙看起來彷彿拿不動比口琴更重的東西似的纖細手腕。

「我想久保老師說的那種特技，兩位應該辦不到吧？完全不可能嘛！兩位又不是紅毛猩猩或黑猩猩。」

「哈哈哈，那個動物很棒。眞凶應該是紅毛猩猩吧。」

「哈哈哈，別傻了，這種情節，就算寫得進推理小說，也只會是個三流作品罷了。要是有人敢寫這種情節的小說，那個人保證會成爲大家的笑柄。」

「……」久保突然收起了笑容。「問你一件小事：你眞的是偵探小說研究社的人嗎[14]？」

「是……是、是啊。」

咦？我說了什麼不妥的話嗎？

註14：世界第一本推理小說，由愛倫坡所著的《莫爾格街凶殺案》，眞凶就是一隻紅毛猩猩。從「灰色腦細胞」到這段對話，久保老師赫然發現赤坂對於推理經典一無所知，感到十分驚訝。

空氣突然變得很尷尬，幸好小松崎老師開口救了我。

「重點呢，就是因爲久保老師和我，在案發時間，也就是昨天晚上，剛好分別待在音樂教室和美術教室，所以呢，就有人認爲會不會是我們用剛剛說的那種特技，犯下了昨晚的殺人案。」

「就是說呀！」久保也跟著點頭，「當然啦，我和小松崎老師怎麼可能會是犯人嘛！昨天晚上，我們只是剛好都還有工作，所以剛好還留在學校而已。你應該會相信我們吧？」

「呃……嗯，我當然相信。」

總之，這種情形之下，我也只能這樣回答吧。

「不過，如果兩位老師不是凶手的話，那麼凶手就是另有其人囉？」

「那當然。」

「兩位不覺得，昨天晚上，當兩位老師還各自在美術教室和音樂教室工作的時候，這個凶手很有可能就在組合屋校舍附近遊蕩嗎？」

「嗯，有可能——你想說什麼呢？」

「沒什麼，只是想說搞不好兩位老師有看到窗外有什麼可疑人影閃過。」

「哈哈哈，要是眞的有看到可疑人物的話，早就大聲宣傳啦。可是，很遺憾的是，我什麼都沒看到。因爲太陽下山以後，我就把窗簾給拉上了。」

「我也是，」小松崎老師說。「因爲我的窗戶是隔音玻璃，再加上有拉窗簾，所以根本就完全搞不清楚窗外的狀況。平常我會覺得這樣很好，可以專心工作；但昨天這點好像卻反倒成爲絆腳石了。」

「眞煩。什麼都沒看到，反而還會被用有色眼光懷疑。」

「懷疑兩位老師的是誰呢？」

「就是國分寺警署的刑警呀。叫什麼名字來著……名字很像私鐵沿途停靠站似的二人組……」

接著，我們的身後隨即傳來兩個人自報姓名的聲音——一個是男聲，一個是女聲；一個是小田急線，一個是京王線。

「我是祖師之谷大藏。」

「我是烏山千歲。不好意思，打擾各位談話了。」

千歲小姐帶著抱歉的表情，稍微低下了頭。

「哎呀唉呀，還眞是說曹操曹操就到呀。兩位有何貴幹呀？這回是又想到什麼其他的犯罪手法啦？好呀，且讓我拜聽一下高見。不過，可要是肥胖的美術老師和三十歲的音樂老師都能辦得到的手法才行喔。」

久保這番語帶諷刺的發言，讓祖師之谷警部不太開心地板起了臉，說：

「您先別生氣，大家有話好說。我們警察呢，也不是特別懷疑兩位，我們只不過是在考慮各種可能性。這點希望請您諒解。」

「原來如此，考慮可能性是嗎？這還眞有趣呢！」

久保用手托著下顎，像是在挑釁似地盯著兩位刑警，說：

「既然這樣的話，就讓我來講講另一個可能性吧？我倒想聽聽正牌刑警的高見。對了，那個偵探小說社的同學，你也來聽一下吧。說穿了，就是一個簡單的密室機關。」

「什麼樣的密室機關呢？」我問。

「嗯，我是從這裡遠望那個組合屋校舍的窗戶，突然想到的啦。」

久保從襯衫胸口的口袋裡拿出香煙，點上了火。接著，他用冒著煙的煙頭，指了指保健室窗戶的方向，說：

「簡單來說，就是只要把打孔錐，插到站在那扇窗彼端的男人胸口就行了。但是，不能在窗外的地面上留下腳印。對吧，刑警大人？」

祖師之谷警部用一付「總之沒錯」的態度點了頭，說

「把事情很單純化地去想，就是這樣沒錯吧？這樣一來，就會再衍生出另一個問題，也就是『被害人爲什麼會在保健室裡』。」

「這一點我無從得知。不過，總之請容我單純就殺害被害人的手法來思考。」

「可以呀。那要怎麼樣才能殺害他呢？」

被兩位刑警和小松崎老師，再加上我，總共四個人的視線緊盯著的美術老師，好像很

舒服似地吐了一口煙。

「凶手說不定是朝著窗戶把凶器丟進去的。」

祖師之谷警部和千歲小姐互看對方一眼。兩人臉上的表情都寫著「怎麼可能」。然而，美術老師還繼續說下去。

「從這裡到保健室的窗戶，只有不到十公尺，距離不算太遠，東西應該很容易就可以丟得過去才對。」

我看了保健視的窗戶一眼——確實距離不是太遠，但可以發現到窗戶前面有一些遮蔽物。

「那棵松樹不會擋到嗎？」

我指著那四棵並排的松樹當中，最旁邊那棵很有特色的松樹說。四棵松樹當中，有三棵都長得很筆直，只有一棵的生長方向，從第一教學大樓看過去是往右傾斜著長的。

「嗯，你說的是太郎松吧？的確，這棵樹是會讓人有點疑問。不過，各位都看到了，它是一棵斜著長的樹，所以窗戶並不是完全被它擋死的。如果瞄準太郎松樹幹的側邊，應該可以把打孔錐丟進保健室的窗戶裡去。」

「喔～原來那棵松樹叫做太郎松呀？」轉學進來的我，這還是第一次聽說這件事情。

「有什麼傳說嗎？例如說以前有個太郎上吊之類的。」

「嗯，是有傳說以前有個叫太郎的同學，在那棵松樹的樹幹上綁繩子上吊呀。」

還眞的矇對了！

「反正，這都不是眞的。不過就是那種每所都會有的校園奇譚罷了。你看，那棵長斜的松樹，很適合上吊自殺吧？它看起來就像是爲了要配合上吊需求似地，整棵樹都斜著長。就算時代再怎麼變，同學們腦子裡想的那些事大概都大同小異。所以呢，不管什麼時代，總會有學生流傳在那棵松樹上吊之類的鬼故事。到後來這些傳說根深蒂固下來，而那棵只是剛好斜著長的松樹，就被冠上了『太郎松』這個聽起來頗像那麼回事的名號。」

原來如此，這種事倒是蠻常聽說的。

「順帶一提，這個傳說還有好幾個版本呢！『上吊自殺的太郎，屍體就像個單擺似地，在無風的夜裡搖搖晃晃了一整晚』、『每逢太郎的死祭，太郎松附近就會出現脖子上纏著繩子的太郎鬼魂』、『太郎的眞名其實叫做次郎』等等。」

「請不要再講那些恐怖的事情了！」

千歲小姐跳出來，對久保那些有點像鬼故事（？）的話題叫停。久保露出淺淺一笑，說：

「哎唷，刑警大人再怎麼樣還是個女人，所以比較不敢聽這種話題呀？」

「不，我是無所謂……」

女刑警用手指著自己身後那個彎著身子、塞著耳朵的主管，說：

「祖師之谷警部會怕，這樣他會無法辦案，所以可不可以請你們不要再說下去了？反正這些與案情無關……警部，你可以不必再害怕了，恐怖的話題已經說完了喔……再說，好像也不是那麼恐怖吧？該正常點了！」

千歲小姐要求祖師之谷警部再回來辦案。看起來好像沒那麼簡單的樣子。

我往旁邊掃了一眼，發現小松崎老師的表情不像是怕，是一種很複雜的表情。接著，這時候，她口中像是失神似地，喃喃吐出幾個字：

「××……××……」

「？」

我沒聽到。但她確實應該有說了什麼才對。我內心湧起一股想向她問個清楚的衝動，但卻被回來辦案的祖師之谷警部給打斷了。

「眞是不好意思，讓各位見笑了。我已經沒大礙了。那個那個，對了，我們講到哪了？」

沒有人答得出來。

千歲小姐「咳」地清了喉嚨之後，說：

「應該是講到機關的事情，說凶手會不會是朝著保健室的窗戶把凶器丟進去的。」

「喔喔，沒錯。不愧是烏山刑警。」

「謝謝您的讚美。」

祖師之谷警部又轉向久保。說：

「原來如此，你認爲是空中飛來一根打孔錐是嗎？沒錯，從這裡丟過去的話，的確可以丟得到保健室的窗戶。不過，要能夠讓打孔錐不偏不倚地剛好插進被害人的胸口，未免也太剛好了一點吧？當然凶器如果是飛進去的，確實不會在地上留下凶手的腳印。……不過現實上還是不太可能成立。」

被正牌刑警推翻自己說法的久保，帶著滿臉的不悅，把已變短的煙頭捻熄。

「如果用丟的不可行，那也可以用弓箭呀。就把打孔錐綁在箭頭上，瞄準保健室的窗戶射。打孔錐貫穿了被害人的心臟，被害人就倒在窗邊的床舖上死掉了。」

「這樣箭會留在案發現場喔。」

「這個只要在箭尾綁上繩子就行了。凶手只要把繩子拉回來，就可以把箭收回來了。這樣一來，如果只剩下打孔錐刺在被害人的胸口，那就成了昨天晚上我們看到的狀態了。如何？這樣的命中率，應該就比空手投擲凶器要來得高了吧？」

「嗯，話是沒錯……烏山刑警，妳的看法呢？」

祖師之谷警部好像有一點被久保的機關說動了。然而，千歲小姐的意見卻出人意料地嚴格。

「不可能。別忘了昨晚保健室的窗戶會開著，只是一個偶然喔，警部。」

「所以凶手就利用這個偶然來犯下……」

「這是不可能的。如果是利用這個偶然來犯下凶殺案，那就應該不可能使用久保老師所說的那種講究的凶器，因爲凶手一定要事先準備才來得及。」

「沒、沒錯。果然不愧是烏山刑警。」

「謝謝您的讚美。」

祖師之谷警部轉向久保，斷言說：

「你的機關在現實上還是無法成立。」

「聽起來好像是如此。」

久保莫可奈何地聳了聳肩，承認自己徹底失敗了。

「那個……刑警大人」

小松崎老師彷彿是在等討論告一段落似地，轉移了話題。

「刑警大人應該是有什麼事要找我們，才會到這裡來的吧？」

「啊啊！沒錯沒錯。」

祖師之谷警部大聲說。

「我們可不是爲了要討論這個機關才來的。我有一個簡單的問題想要請教二位。我想問的是……」

我搶在他前面先說：

「兩位有沒有在案發現場撿到什麼東西呢？或是有沒有看到誰撿走了什麼東西呢？」

「喂！為什麼是你講呀！那是我的台詞耶。你擅自偷走我的台詞，這可是竊盜罪。」

警部滿臉通紅地胡言亂語了一番。他勃然大怒的樣子，彷彿是這個問題攸關他的性命似的。看來我好像奪走了他一個很重要的東西。

這時，兩位老師分別表示：

「沒有呀，我什麼也沒有撿。」

「我也沒看到有人撿走什麼東西。」

都是很一般的答案。

只有千歲小姐一個人很冷靜地把他們的答案記錄在記事本裡。

十

兩位刑警問完問題之後，就又不知道消失到哪裡去了。

接著，久保向小松崎老師恭敬地鞠了個躬，準備告退。

「那麼我就先告辭了。難得下午不用上課，和刑案相關的惱人事就交給學校高層和警方去處理，我們這些平凡的老師呀，還是不宜久留在學校，速速回家最好。妳說對吧，小松崎老師？」

美術老師說完，也沒等音樂老師回話，就轉身離開了。

剩下的就只有我和小松崎老師兩個人了。我抓緊機會，追問她剛才嘴裡喃喃自語的事情。

「剛才老師有自言自語對吧？您是在說什麼呢？」

「啊！」小松崎律子彷彿是被抓到了小辮子似地叫了一聲之後，裝傻地說：「哎呀？我有自言自語嗎？」

越想矇混過關就越可疑。我可是不會輕易放過她的。

「嗯，絕對錯不了。剛才，就在久保老師說完太郎松的鬼故事之後，老師就一邊自言自語地不知道說了什麼，看起來若有所思的樣子。」

小松崎老師像是自知無法再掩飾似地，嘆了一口氣。

「沒錯，你看得還眞仔細。剛才我的確是在想事情，因爲久保老師所說的那段話當中，有讓我難以釋懷的地方。」

「久保老師的那段話，指的是太郎松的事情嗎？那種破綻百出的鬼故事，跟這起凶殺案會有什麼關係？」

「不，故事本身當然不值一提。不過……」

「不過什麼？請老師不要隱瞞，告訴我吧。」

我像是就要找到證據似的。而老師則是嚇得睜大了眼睛，說：

「你不愧是偵探小說研究社的人，對這種事情眞的很有興趣。好吧，但是我們就只在這裡講，你可以答應我不可以跟任何人說嗎？」

「我答應我答應。我不會告訴任何人的。」

「是嗎……」小松崎老師終於要說出秘密了。「久保老師有提到這一段吧？『屍體就像個單擺似地，在無風的狀態下搖搖晃晃了一整晚』之類的。我聽到『單擺』這個字的時候，腦海裡突然想到了一些其他的事情。所以才會不小心脫口喃喃自語地說『單擺……單擺……』的。」

「『單擺』是嗎？老師的意思是說它跟這宗凶殺案有關係嗎？」

從她嘴裡吐出了這個出人意表的關鍵字，我吃驚的瞪大了眼。

「我也還不是很確定……不過，它搞不好會是破解密室之謎的關鍵。雖然我現在也還在思考。」

「但是『單擺』和『密室』到底有什麼關係呢……？」

「對不起，我現在只能說到這裡。赤坂同學，那我先走囉。剛才的約定，你一定要遵守喔！再怎麼樣都不可以跟那兩個人說喔！要不然這樣秘密就不是秘密了。」

「那兩個人」想必指的一定是多摩川社長和八橋學長。

「好、好好，我不會說出去的。等一下，等一下嘛，老師！再給我一點提示嘛！」

小松崎老師揚長而去，我死命地想要叫住她。

然而，她看起來完全沒有打算停下腳步。音樂老師就這樣從中央玄關往第一教學大樓走，然後在我視線裡消失。

要想去追她的話，其實也不是追不上。不過，逼這麼緊不是我的作風。我回過神來，把音樂老師說的那個充滿謎團的關鍵字，拿出來在口中反芻。

「『單擺』和『密室』嗎？單擺、單擺……」

於是，一串單純的聯想開始在我的腦海裡馳騁。接著，我脫口哼出了某首懷念金曲。我哼的是「古老的大鐘」的旋律。

一提到「單擺」，我只想得到「擺鐘」而已。

十一

「兵～崩～幫～崩～」

突然間，響起了一陣悠揚的鐘聲，和凶殺案隔天的氣氛完全不搭。擴音器傳來校內廣播的聲音。

接著，傳來的是女同學可愛的聲音。聽著這個很熟悉的聲音，我不禁停下了哼唱，張大耳朵仔細聽她說什麼。

「報告。今天下午的課程，因故已全部停課……」

這應該是廣播社某一個社員的聲音吧？光聽這個聲音，就讓人覺得心靈好像被洗滌了一番似的，是一個聽起來很純淨、很溫柔的美聲。只可惜，不知道是不是線路的接觸不良，這個廣播聲裡混著些許雜音。

「……還留在校園內的人員，請立即離開學校。」

原來是要催促大家快放學的校內廣播。即便是很平淡呆板的訊息，只要用她的聲音來講，就讓人覺得宛如一首詩篇。

聽說這個不知名的美聲，意外地還擁有為數不少的支持者。話說回來，我也是其中的一員。她到底叫什麼名字呢？是二年級，還是三年級？應該不會是一年級吧？總之，是個讓人魂牽夢縈的存在。

「……重覆一次……」

嗯嗯，要重覆幾次都可以。我又更張大了耳朵細聽。

「……今天下午的課程，啊！」

突然，擴音器彼端的那個美聲發抖了起來。光天化日之下，廣播視聽室裡竟發生了慘劇！恐怖的黑影襲擊了廣播社女神！我感到一陣極度的緊張。

然而，就在下一瞬間，我的耳裡聽到的竟是一個熟悉的惡聲。

「嘿，佳代子呀，怎麼啦？幹嘛一副吃驚的表情？是我啦，是我。閒著也是閒著，就跑過來這裡玩一下囉。」

是多摩川社長，如假包換。而且，從他的口氣聽起來，他顯得相當地放鬆。恐怕就多摩川社長的角度看來，這位三年級的女生「佳代子同學」也是他的朋友之一吧。

「那個、那個、那個……」

發生了這種出人意表的狀況，「佳代子同學」已經瀕臨崩潰邊緣了。這也難怪，這根本就像是突然被怪獸攻擊一樣。就某種層面上來看，這無疑是在光天化日之下發生的慘劇。

「啊～啊～廣播社還眞好呢，有這麼富麗堂皇的社辦。我們可是沒有社辦、沒有預算，只有知性與時間呀！」

「喂～喂～現在，這個～這個啦！」

「這個？喔～好讚的麥克風吶。啊，對了，佳代子呀，下次要不要跟我去唱歌？我呀，可是很會唱喔，特別是南方之星之類的。」

「不、不是啦！」

「要是能在這裡一起～死去的話～那就好了～」

這首又不是南方之星的歌——我在擴音器的這一頭說他，也無濟於事。

「八橋學長呢？八橋學長不在他身邊嗎？」

要是在的話，應該早就把他擋下來了才對。這樣一來，究竟誰才能阻止社長繼續暴走？

「捨我其誰啊！」

我終於發現了自己的使命所在，便往廣播視聽室全力狂奔。

就在我衝上二樓樓梯的時候，剛好碰到了從走廊上衝過來的學長。

「啊！八橋學長！」

「豬頭在三樓啦！三樓！」

八橋學長指著往上的樓梯大喊。我再加足了馬力往上衝。

來到三樓的廣播視聽室。我和八橋學長猛力拉開了拉門，衝了進去。

廣播視聽室，是個設置在學校裡，但卻又帶有特殊性的空間。裡面排著各式器材，地板上有許多電線蜿蜒著。這種光景，宛如廣播電台的一間錄音間，也像是灌錄唱片的錄音室。我充分可以想像：這樣的氛圍，恐怕更刺激了多摩川社長想唱的心情。即便是如此，在我們眼前展開的光景，幾乎已是人間煉獄。

三年級的女同學，已經被逼到牆角，用半哭著的狀態，倉皇地不斷重覆喃喃囈語說：

「不是我的錯，不是我的問題。」

原來這就是「佳代子同學」的廬山眞面目。她的臉龐和聲音一樣，都非常地美麗。不過現在可不是打招呼的時候。在佳代子的身邊，社長右手正拿著麥克風，左手把電線纏在手上，興致高昂地準備要自己一個人繼續踏上愉快的旅程。

「相隔越遠～愛越深～眷戀呀～」

「給我差不多一點！」

不等社長唱完，八橋學長的一記跳躍膝蓋技，已經重擊在社長的顏面部位。

社長發出一聲「嗚！」，整個人飛到窗邊，頭部還在那邊撞到了桌角。社長「嗚呃」地呻吟過後，就靜下來了。反作用力讓原本放在桌上的筆筒和資料，全都掉下來砸在社長頭上。

哀哉！多摩川社長倒在廣播視聽室，我把滾落到地上的麥克風撿起來，雙手合十。

十二

「搞不懂你。你到底是在想什麼咧？」

靠八橋學長協助才能起身的社長，用臉上無光的表情說：

「對不起。唱到第二首確實是有點太過分了。下次我唱完一首就下來。」

應該不是這個問題才對。

接著，有兩位老師，一前一後趕到這裡來。先到場的是歷史老師，同時也是廣播社的指導老師——島村祐介。

「喂，妳沒事吧？有沒有被怎麼樣？」

島村關心的是半哭著的「佳代子同學」。接著，剛剛才在中庭和我道別的音樂老師——小松崎律子也露面了。

「這裡究竟是在鬧什麼事！」

她看來似乎對這宗不自愛的胡鬧非常震驚，還進到了廣播視聽室裡的中央區塊。

「不，不好意思，小松崎老師。驚動各位了。」

島村以廣播社的負責人身份，低頭道歉。接著隨即痛罵多摩川社長：

「搞什麼呀你，多摩川！你又來了。你去年不是也在午休時間的校內廣播時間闖進來唱過〈親愛的艾莉〉嗎！」

看來社長去年眞的有唱南方之星的歌。儘管如此，第二次鬧這種事，那還眞是讓人震驚到目瞪口呆。

「這次我絕對不會饒過你。過來，我要教訓你。還有八橋，你也過來。總之就給我過來，少廢話。」

島村祐介光處罰社長還不滿意，還要把他的搭檔八橋學長也抓來處罰。

「哎，跟我沒關係耶。」

八橋學長這句很正當的抗議，並沒有傳進島村的耳朵裡。島村一邊痛罵兩位學長，一邊將兩位學長拖到廣播視聽室的門口。

「小松崎老師，那就由我來好好說他們一頓，請您放心。嗯？小松崎老師？」

島村叫了呆立在窗邊的音樂老師。

「咦？……我在。有什麼事嗎？」小松崎老師像是剛回過神來似地轉過頭來。

「您在這裡還有什麼其他的事情嗎？」島村用不解的表情問。
「不、沒有，沒什麼特別的事。」
小松崎老師用力搖著頭，一邊擠出生硬的笑容，一邊離開窗邊，往島村所在的方向走。兩位老師就這樣帶著兩位問題學生，一起走出了廣播視聽室。
因此，廣播視聽室裡就只剩下我和佳代子學姐兩個人，彷彿就像是巧妙安排過似的這個絕佳狀況。我的心噗通噗通地跳。
得講點什麼才行得講點什麼才行得講點什麼才行。
越是這麼想，越是找不到合適的句子說出口。就這樣渡過了大約三十秒的沉默地獄。我實在是受不了這幾近永恆的空白時間，早已在心裡舉起了白旗。
辦不到，我絕對辦不到。對以知性與純情爲賣點的我來說，要跟心儀的三年級女同學在這種封閉的情況下若無其事地交談，簡直就是不可能的任務。
「你是赤坂同學對吧？」
「嗯，是的。我叫赤坂通，請叫我阿通就可以了。」
「我叫山下佳代子。叫我佳代子就可以了。」
咦？眞的嗎？那我就不客氣了。
「妳是佳代子學姐呀？妳的名字很好聽耶。啊，我常聽妳做的校內廣播，妳的聲音很好聽。」

「謝謝你。」

喔耶！我若無其事地交談成功啦！奇蹟果然是件讓人不知何時會在哪裡出現的事呀。我陶醉在知性與純情的勝利當中。

「對了，昨天的那起案件，」

「啊？」我的陶醉就在這一瞬間完全清醒。

「『啊』的意思是……？你不是赤坂同學嗎？」

「是，是的，我是赤坂同學喔，我是。」

「是今年春天開始隸屬於偵探社的赤坂通同學，對吧？」

「是的，我是偵探社的赤坂通，請叫我阿通。」

「我叫山下佳代子，請叫我佳代子吧。」

「嗯，這點我已經知道了。」

「話不多說。關於昨天的那起凶殺案，」

「？」我搞不懂。

「我就我知道的範圍簡短跟你說一下。不過，我知道的事情，也沒什麼大不了的。因爲再怎麼說，畢竟我在檯面上還是個廣播社的社員。」

「？？？」她到底是在說什麼。

「阿通學弟，你有在聽嗎？怪了，社長明明說阿通學弟是一個將來大有可爲的新人呀……。你至少應該曉得我的立場吧？阿通學弟。」

「……」

「阿通學弟～」

「……啊，我懂我懂。那個，佳代子學姐該不會，也是偵探社社員？」

「沒錯。我是隸屬於廣播社的偵探社社員，山下佳代子。我喜歡的捕手是古田選手。」

錯不了。她是多摩川社長和八橋學長的同類。

「話不多說，關於昨天的那起凶殺案……討厭啦，從剛剛到現在話題一點進展都沒有。好，那我就講快一點吧。就我掌握到的資訊來看，演藝班的導師，也就是數學老師本多和彥，以及擔任廣播社顧問的歷史老師島村祐介，是有可能殺害專門偷拍的狗仔攝影師田所健二的兩個嫌犯。怎麼說呢……」

「等、等一下。田所健二的姓名和職業，目前應該還只有一小部分的人知道才對喔。這些東西更沒有刊在報紙上。佳代子學姐，妳爲什麼會知道這些事情呢？」

「我聽社長說的。」

「廣播社的？」

「不是跟你說了我是隸屬於廣播社的偵探社社員嗎？社長指的當然是多摩川社長呀。

我接收到社長的指示，要我蒐集可能和這件案子有關的資訊，所以現在才在這裡報告結果。本來我應該要直接向社長報告才對，但你也看到了，社長現在變成那個樣子，所以，阿通學弟，你聽好，我要從『怎麼說呢』再繼續說下去囉。」

「啊，好。請您繼續。」

事已至此，我也只能聽她說下去了。

「怎麼說呢？據說本多和彥大概在半年前抓到闖進我們校園裡的偷拍狂，非常生氣，於是便對手無寸鐵的偷拍狂暴力相向。所以他是有這樣一筆前科的。」

「哦～那個本多對人施暴過呀？那島村呢？」

「據說當時島村有和本多一起對偷拍狂施暴。總而言之，島村拔刀相助，幫了自己的同事本多。至於被兩個人拳打腳踢的偷拍狂呢，身受重傷，連高貴的照相機都被弄壞了。」

「原來如此。就算對方是偷拍狂，做到這樣還是不妙吧。」

「你說得對。一般認爲這兩個人應該是出於想要保護學生不受非法闖入人士欺侮的立場，也就是出於一種正義感，才會採取這樣的行動。可是，即便如此，還是做得太過火了。照常理來說，應該是把偷拍狂抓起來交給警察就夠了。可是，本多和彥和島村祐介竟然擅自對偷拍狂施以暴力。」

「那他們有受罰囉？」

「不，他們並沒有受到任何正式的處罰。校方並沒有將兩位老師交給警方，而偷拍狂也有些見不得光的事情，所以沒有向警方舉報兩位老師。結果這件事因爲就這樣沒有被搬到檯面上來，只在私下協調完就解決了事了。以上這些資訊都是在演藝班和廣播社裡面大家口耳相傳的，基本上就像是本多、島村這兩位老師的英勇事蹟似的，所以我不敢說一定完全屬實。不過呢，傳言內容都說得頗爲具體，所以還算是有其可信度才對。你聽懂了吧，阿通學弟？你知道這件事背後代表著什麼意思了嗎？」

「換句話說，我們可以想見：不管是本多和彥或是島村祐介，都對偷拍狂懷有一種異於常人的嫌惡。這種嫌惡，有時候甚至可能會演變成爲暴力相向。」

「沒錯。他們甚至可以說是對偷拍狂到了憎惡的地步了。」

「可是，就算是這樣，也還不至於到殺人吧？如果是抓到偷拍狂的時候揍他一頓之類的，這還可以理解……啊！」

這時，我的腦海裡突然靈光乍現。

「該不會當時被兩位施暴的偷拍狂，就是田所健二吧？」

「問題就出在這裡了。這一點，我也很想知道答案，可是無從得知。老師們當中完全清楚整件事情全貌的，只有教務主任鶴間，以及下面的幾個人而已。我根本沒有辦法查。」

「嗯～那還眞是可惜呀。」

我頓時陷入一陣沮喪。基本上是不可能去詢問本人或教務主任的吧？這條線已經不可能再追查下去了。

「不過呢，當時偷拍狂想偷拍的人物是誰，這一點我倒是很清楚。因爲後來當事人自己跟很多人說過當時的狀況。」

「是喔？那就直接問她，搞不好就可以對半年前偷拍狂的事情多瞭解一點了。當事人是誰？」

「是藤川美佐。」

「啊！」

我大吃一驚，啞口無言。因爲我作夢也沒有想到會在這裡聽到她的名字——人氣偶像藤川美佐。可是，謠傳說她在凶殺案發生的那晚之後就失蹤了。

「是那個藤川美佐……」

「嗯，就是當紅的那個偶像。她在半年前那件事情發生的時候，還沒有走紅，只是一個還沒眞正成爲藝人的無名小卒而已。」

山下佳代子好像把該說的話都說完了似的，轉換了一個口氣，說：

「以上這些事情，請你轉告社長。順帶一提，先講清楚，我山下佳代子可沒有認同本多或是島村是凶手的這種說法喔。那麼，阿通學弟，剩下的事情就麻煩你囉。」

山下佳代子輕輕點了一下頭，便走近放有廣播器材的一角。

「啊？剩下的事情就麻煩我？」

「對呀，因爲我可是隸屬於廣播社的人呀。」

山下佳代子露出一抹微笑，然後在椅子上坐下，說：

「不過我祝福你們能夠馬到成功囉。這點請幫我轉告大家，也請幫我跟八橋同學問好。啊，還有社長提到去唱歌的事情，如果大家都要去的話，我ＯＫ喔。順帶一提，我拿手的是松任谷由實的歌。」

接著，山下佳代子又再拿起剛才被多摩川社長搶過去的麥克風，並且打開了開關。她該不會是要開始唱松任谷由實的歌了吧？就在我如臨大敵的同時，她彷彿像是在嘲笑我似地，又用那溫柔澄澈的聲音，向全校同學廣播：

「校內×告。今天×午的課程×因故全數停課……咦？接觸不良？啊～好像是社長害我寶貝的麥克風壞掉了。」

十三

我離開了廣播視聽室。

從昨天到今天，好像有很多事、很多人從我眼前飛閃過去似的，我腦海裡一片混亂，無法把思緒整理清楚。

專門偷拍的狗仔攝影師遇害的地點是在成了密室的保健室裡；兩位像私鐵沿線站名的

刑警大人好像正在找什麼東西；保健室的校醫有貧血；用實驗器材煮咖啡的生物老師，不知道是在什麼樣的因緣際會之下，成了偵探社的指導老師；美術老師大談機關，音樂老師則是留下了謎樣的一段話；我們社長在廣播視聽室裡高唱演歌，而隸屬廣播社的偵探社員則是用她的美聲暢談半年前發生的事情……

我搞不清楚狀況。應該說，我無從搞清楚狀況。

讓人摸不著頭緒的事情又增加了，所以我想總之先去生物教室一趟。

午休時和石崎討論這起案件，到現在也才經過了不到幾個小時。然而，在這幾小時當中，出現了好幾個新的發現。我想把這些新發現拿去問問石崎，看他有什麼想法。

生物教室裡沒有人。我打開了隔壁實驗器材室的門，找到了石崎。除此之外，還有一個非常出人意料的人物在場。

嘴角帶著微笑，從長度稍短的窄裙下面，可以隱約看得到一雙美腿的美女，佇立在牆邊——不知道爲什麼，那位女刑警又出現在這裡。我不自覺地開始在她身邊找尋祖師之谷警部，但卻遍尋不著中年刑警的身影。好像只有刑警小姐單獨一個人造訪這間教室。

「咦？可是，怎麼會這樣？」

石崎雖然是偵探社的指導老師，但並非和昨晚的凶殺案有直接關係的人物。我找不到她需要來拜訪石崎的任何理由。

她那美麗的雙眉微皺了一下，用她那意外銳利的眼神看著我，說：

「石崎大哥，有學生來了喔！」

「嗯？……嗯嗯，誰呀？」

「……我是赤坂通啦。」我自己開口回答。

至於石崎人在哪裡做什麼呢？他連看都沒看刑警小姐一眼，自己拿著大型放大鏡站在窗邊，用很專注的表情觀察著某樣東西——至少看起來是在觀察，但實際上卻不是。他正在用放大鏡聚太陽光，想藉此讓香煙點上火。總而言之，他應該是想抽煙。

「那個，老師愛用的那個打火機，掉在那邊了。」

我用手指著掉在桌子下面的那個現代打火石，告訴老師。

石崎把放大鏡的焦點對著嘴上那根香煙的煙頭，一邊斜眼瞥了我這邊一眼。

「啊，原來有打火機呀？不過，算了，頭都已經洗了，這一根就用這種方法，總會點著的……」

生物老師還是堅持要用原始的手法來點。晴朗的五月天，正中午，太陽光燦爛地灑進教室裡。他的努力應該是快要有回報了吧。眞是個愛找麻煩的老師。

「你還眞是個愛找麻煩的人呢！」

千歲小姐雙手環抱在胸前說。但她的表情卻和說的話相反，流露出愉悅和溫柔。

「耶，成功成功。」

石崎興奮的聲音打斷了我的思路。他和香煙的煙霧一起，飄上了驕傲的顚峰。

「嘿嘿嘿，你們看看，這就是『有志者事竟成』的最佳典範啊！對了，赤坂同學，讓你久等啦。有什麼事嗎？」

「沒有啦，沒有什麼特別的事情，只是想跟老師談一下那件案子的事情。那個……對了，她怎麼會……？」

我指著站在牆邊的刑警小姐問。

「她嗎？她是烏山小姐，算是我的學妹。不過她可不是女老師喔。其實也沒有什麼好隱瞞的，她是……」

「刑警小姐對吧？」

「什麼嘛，你已經知道啦？」

石崎顯得有些失望。他好像以爲我會更吃驚一點。

「這幾個小時內，我已經和她見過好幾次了。」

「那這樣就好解釋啦。中午我不是有稍微提過說我的晚輩在當刑警嗎？」

原來如此，謎團終於完全解開了。

「啊啊，她就是老師說的那個當刑警的晚輩，很想請老師幫忙解開密室之謎，所以才提供消息給老師的那個人呀。什麼嘛，原來竟然是千歲小姐呀。」

話才說完，千歲小姐彷彿像是聽到了一番意料之外的話似的，擺出很不高興的姿勢。

「等一下喔，我的事情好像被單方面地被說得很扭曲。什麼叫『很想請老師幫忙解開密室之謎』？再怎麼樣我這個刑警也不至於要去靠一個平民的智慧來辦案。把消息提供給你，也只不過是因爲那些消息都是可以講的東西而已，沒有什麼特別的意思。再說，什麼密室……」

石崎看起來一副像是在說「講啦講啦」的樣子，細細地吐出一縷香煙的煙霧。

「什麼密室的，根本就不可能成立。更何況絕對沒有一個殺人犯會透過打造密室這個方法，來設計一宗完美的犯罪。這就是刑警實事求是的精神。」

千歲小姐用一種聽起來像是被惹毛了的說話方式：

「我會這樣說也是沒辦法的事。實際上的確也沒有發生過密室殺人的前例。如果這種事情眞的在現實世界發生的話，我倒也想親眼目睹一下呢。」

「現在就發生啦！案發現場就在保健室，時間是昨天晚上。」

「那是有備份鑰匙的啦。」

千歲小姐毫不避諱地說。

石崎對我擺出了一副「你看吧」的表情。原來如此，警察——應該說是千歲小姐——看來是打算把密室之謎當作很單純的案子來收拾掉。

「保健室的眞田醫師說，應該是沒有備份鑰匙的呀。」

我這句話一點也無法動搖她堅定的意志。

「那只不過是校醫一廂情願的想法罷了。任誰都不願意有人趁自己不注意的時候，偷打備份鑰匙吧。」

「可是，就算凶手有備份鑰匙，那也還是有疑點。」

石崎打斷了千歲小姐的發言。

「如果是有備份鑰匙存在的話，凶手就是用備份鑰匙打開上了鎖的保健室大門，與田所健二一起潛了進去，然後在窗邊的床鋪上殺了田所，最後又用鑰匙上所逃走。但是，凶手為什麼要費這番工夫打一份備份鑰匙，只為了要在保健室犯案呢？在其他地方殺人也都可以呀！這個校園裡面應該還有很多更適合殺人的地點才對。」

「不就是想嫁禍給有鑰匙的眞田醫師嗎？」

「是呀，可以想得到的，大概就只有這種可能吧。」

石崎點頭。

「可是，即便是這樣好了，床鋪旁邊的窗戶昨晚不是完全沒關上嗎？為什麼凶手沒有把它關起來呢？所以那一定是因為凶手從窗戶進來才會這樣。這麼一來，要嫁禍給眞田醫師的這個論點就不成立了。如果是要嫁禍給眞田醫師的話，我覺得凶手應該要把窗戶關上，還要從保健室裡上鎖才對呀。」

「哎呀，這倒是沒有那個必要。」

千歲小姐信誓旦旦地反駁。看起來她好像很樂於這種討論。

「窗外濕漉漉的地面上，沒有留下任何一個腳印。所以，即使讓窗戶就這樣開著，也不會有人認爲窗戶就是凶手闖入保健室的途徑。所以，凶手反倒應該要讓窗戶就這樣開著不關才正確。」

「這樣不合理，」石崎很迅速地否定了她的說法。

「怎麼樣？是有哪裡不對了？」

「窗外的地面上是濕的，而且上面沒有留下任何人的腳印，這可以解釋爲碰巧很快就有人發現了這起凶殺案。田所健二的屍體，在凶手犯案後馬上就被小松崎老師發現，這只不過是個偶然罷了。他的屍體呢，本來應該要到隔天早上眞田一師來上班，打開保健室門鎖的時候才會被發現。不對嗎？」

「是……沒錯。這個可能性應該頗高。」

「假設屍體要到隔天早上才被發現的話，那這時窗外的地面上會是什麼狀態呢？這一點凶手應該是沒有辦法預期才對。有可能已經被學生們踩踏得亂七八糟，也有可能已經完全乾掉了，也說不定夜裡又下了一場雨，把地面弄得更泥濘不堪。如果屍體是在這樣的前提之下被發現的話，想必警方應該還是會把開著的窗戶列爲凶手潛入的途徑來思考吧。這樣的話，涉有嫌疑的對象範圍就會無限擴大，凶手便無法嫁禍給眞田醫師了。如果凶手眞的有意要嫁禍給眞田醫師，那他還是應該要把開著的窗戶關上才對。」

石崎的理論奏效，讓千歲小姐陷入了深思。

千歲小姐不時地發出「嗯～」的喃喃自語，一動也不動。看樣子她似乎是在腦海中整理用來反擊石崎的論點。半晌，她才終於像是想到了什麼似的小聲「啊」了一聲，接著就突然拿出了強勢的態度來指著石崎，說：

「剛才石崎大哥的論調，有一個小地方是你自己妄下斷言的。」

「妄下斷言？喔，有嗎？哪個地方？」

石崎像是要問我意見似地面向我。沒發現問題所在的我，說了句「誰知道」，一邊聳肩搖頭。

「剛才石崎大哥是這樣說的吧？『田所的屍體，在凶手犯案後馬上就被小松崎老師發現，這只不過是個偶然罷了。』可是，這說不定不是個偶然喔。凶手搞不好連這一點都計算到了。」

「原來如此。這一個可能性我倒是沒想到。」

石崎輕易地就承認了自己的疏忽。還沒搞懂這段對話是什麼意思的我，輪流看著眼前的這兩個人，一邊說：

「也就是說……這樣會怎樣？」

「換句話說，這樣的話，凶手就會是小松崎律子了。」

喂喂喂，眞的假的呀？我心裡七上八下，一邊仔細聽著千歲小姐的邏輯。

另一方面，千歲小姐不知道是不是因爲相當胸有成竹，把整段話說得像是分享自己的經驗似地，行雲流水地娓娓道來。

「首先，小松崎律子先確定眞田醫師確實已經鎖上了保健室的門，並且離開現場。接著小松崎律子再把田所健二帶到保健室裡來。不要問我她是怎麼把田所健二帶過來的喔，這種細節的事情現在我還無從得知。總之，就先當作她已經把人帶進來了。」

「嗯嗯，」石崎應聲。「然後呢？」

「保健室的門口雖然上了鎖，但小松崎律子用備份鑰匙開了門。順利進到保健室裡的她，在床舖上殺了田所。犯案後，剩下的就只有再用備份鑰匙把門鎖上，然後離開現場而已。這樣小松崎律子就可以把罪名嫁禍給眞田醫師了。因爲保健室的出入口只有一個，而且能夠自由使用門鎖鑰匙的，也只有眞田醫師而已。然而，因爲眞田醫師不巧忘記關窗就離開了，所以狀況也隨之改變。如果窗戶是開著的話，那麼任誰都有可能會是凶殺案的嫌犯。『這樣不行。』想到這一點的小松崎律子，本來是像石崎大哥說的，想要把自己動手把窗戶關上。但是，她看到了窗外地面上毫無一絲混亂的狀態，就當場想到了其他的策略。」

「我知道。策略就是假裝成第一個發現案發現場的人。」

「沒錯。她讓窗戶維持原樣，自己則先離開保健室，到門口去用備份鑰匙上鎖。隨後，她又自己發出尖叫聲，讓附近還留在學校的人趕到保健室前面來。接著，她又和大家一起進到保健室裡，假裝出一副因爲過份驚恐而不斷顫抖的樣子，一邊巧妙地來到這扇有問題的窗邊。接著，她就像是偶然發現似地，故意向在場的人強調窗外的地面上沒有腳印。結果就成功使得窗戶不再被認爲是凶手闖入保健室的途徑，並且讓所有的嫌疑集中到握有鑰匙的眞田醫師身上。這個邏輯，怎麼樣？你說，是不是很完美的推理？你說呀。」

千歲小姐像是想要尋求讚美似的，連說了好幾聲「你說呀」。

「嗯……你覺得怎麼樣？赤坂同學？」

石崎就像是在說「糟啦」似地詢問我的意見。我也只能就我所知的部份儘量講講看。

「的確，第一個發現窗外沒有腳印，而且向大家強調這一點的，是小松崎老師沒錯。」

「你看，果然是這樣吧？我早就想到會是她了。」

千歲小姐彷彿已經是勝券在握似的，帶著充滿自信的笑容。

如果按照剛才千歲小姐的說法，確實是可以解開密室之謎沒錯。應該是說，等於是根本不存在所謂的「密室之謎」。它在某種層面上，可以說是就像「哥倫布的蛋」的一個論述，是一個很難扳倒的論點。

「不過，如果小松崎老師是凶手的話，那她犯案的動機是什麼呢？」

我話一說完，千歲小姐就把手環抱在胸前，一邊說：

「動機？你是指殺害偷拍狂的動機嗎……？有需要這種東西嗎？」

她用若無其事的表情，說著很驚人的一段話。烏山千歲刑警，還眞是位了不起的刑警啊。看來我問問題的方式好像有點不對。

「那，小松崎老師要陷害眞田醫師的動機是什麼？」

「這點就簡單囉。動機就是嫉妒、是嫉妒。小松崎律子是一個給人感覺不太幹練，又很不起眼的音樂老師吧？她既不是美女，也不是說有多年輕。另一方面，眞田仁美卻是既年輕又可愛又是個美女，是個充滿魅力的人。身爲同事的老師們，還有學生們，一定會很喜歡這樣的人。你說對吧，石崎大哥？」

突然被指名回答的石崎先回答了一聲「嗯」，接著又像是裝傻裝得慢半拍似的說了一聲「不，也不盡然喔。」然後就像是突然湧上一股怒氣似的，對著牆出氣地說「那種事情，隨便怎樣都可以啦。」後來他雖然是有點尷尬地抓了抓頭，不過他旋即又像是發現了什麼事情似的抬起頭，望著在牆邊微笑著的千歲小姐說：

「嗯？妳該不會是在吃醋吧？」

千歲小姐帶著一抹微笑回答說：

「這是刑警的直覺，少往自己臉上貼金了。」

十四

「『小松崎眞凶論』嗎？嗯～好不吸引人喔瀨嚕瀨嚕～」

「應該呀，要是更出人意表的凶手才好咧漱嚕漱嚕～」

「那個，兩位……」我抬起頭，向兩位學長提出要求。

「可不可以不要一邊說話一邊吃麵呀？這樣會讓我開始討厭拉麵啦。」

這家位在距離鯉之窪學園三分鐘路程，以傳統的店舖風格以及頑固老爹的堅持爲賣點的拉麵店——「PEACE亭國分寺店」，一如往常地冷清。現在店裡只有我們三個客人。以下午六點這個時段來看，這樣的狀況還眞是嚴重的門可羅雀。

說穿了，我從來沒看過這家店客滿。「PEACE亭國分寺店」這個名字，乍聽之下是個時下流行的連鎖店店名，但其實這家店除了國分寺店以外，並沒有任何一家分店。東西難吃，這一點是掛保證的。頑固老爹的堅持其實也不一定會將拉麵帶往美味的方向去，而這家店堪稱是其中的代表。

但是，正因爲它門可羅雀，所以在這裡討論凶殺案也不會被趕。從這點來看的話，它確實可以說是最適合我們的場所。

「這你就不懂啦，阿通。身爲一位偵探社社員，想要聊凶殺案的心情，可以說是一份難以壓抑的欲望；此外，眼前有一碗已經快要進入泡爛狀態的拉麵。在這兩者都要解決的狀況之下，如果一定要取一個最理想的解決方式，那麼邊聊邊吃，邊吃邊聊這個行爲的出現，也在所難免呀漱嚕漱嚕～」

「喂！不要再邊說話邊吃麵了啦！」

「阿通在說這句話的時候，碗裡的麵已經吸飽了湯，快要滿出來了咧。你再不快嗑，湯就要被吸乾了喔漱嚕漱嚕～」

「算了，已經無所謂了，我沒胃口。」

我放下了筷子。接著，我一邊望著這兩個人吃麵的模樣，一邊又再思考了一下。

我已經把今天白天發生在我身邊的諸多事項都跟他們講完了。其中當然也包括千歲小姐所說的「小松崎律子眞凶論」。不過，問題是，我該不該把白天我和小松崎老師說的那段話告訴學長們呢？

特別是有關「單擺」這個充滿謎團的提示那一段。

可是……我苦思良久。

當時，小松崎老師跟我說「這件事不可以跟任何人說」，還特別要求我「不要告訴那兩個人」。所謂的「那兩個人」，指的就是現在我面前的這兩位學長。我該怎麼做才好？

結果，我白天和音樂老師所談的那段話，在這裡我沒有提。也就是說，我選擇了遵守我和小松崎律子之間的約定。

「那接下來要怎麼辦呢？」

我用什麼都不懂的表情，詢問學長們。

「對咧，總之我想先推翻『小松崎律子眞凶論』。」

「嗯，沒錯，必需先做這件事。」

我實在聽不懂學長們的對話是什麼意思。

「那是什麼意思？」

八橋學長把辣油加進湯裡，一邊說：

「就是說呢，該怎麼講才好咧？簡單來說，小松崎律子是第一個發現案發現場的人吧？就這樣把她當作凶手，未免也太不嚴謹了唄？也很無趣唄？這是我們希望儘量避免的一個結果。這種心情，阿通，你瞭解嗎？」

「喔……」老實說我不懂。「不過，凶手不是我們高興選誰就是誰的吧？社長中午的那番演講當中也有提過對吧？『偵探不能選凶手，凶手卻可以選偵探。』你說是嗎，社長？」

「啊？！」社長的筷子停在半空中，說：「我有講過那種話嗎？」

社長好像不記得了。爲什麼這個人會是社長？

「總而言之漱嚕漱嚕～」社長一邊吃麵，一邊說：

「小松崎律子到底是不是凶手這件事情，在這裡爭辯再多，也無濟於事吧，老師家很近，距離這裡走路大概五分鐘。要不然，等一下我們就過去看看吧，如果我們請她跟我們談談昨晚的事情，老師搞不好還會很開心地告訴我們呢漱嚕漱嚕。」

「……」

「喔，這樣說也對啦。反正剛好現在也塡飽肚子了漱嚕漱嚕～」

「……」

這下我開始有點討厭拉麵了。

十五

二十分鐘之後，我們抵達了小松崎老師住的那幢公寓樓下。時間已經是六點半了。

「流司，你剛才不是在拉麵店說『走路五分鐘』的嗎？」

「哎呀，五分鐘跟二十分鐘也差不了多少嘛！還算是誤差範圍內啦。」

「你白痴啊？把二十分鐘說成五分鐘，簡直就是黑心仲介玩的把戲咧。」

八橋學長抱怨個不停。老實說，我認爲這一切都是社長對時間感和距離感有障礙。

小松崎律子所住的公寓，位在只差一百公尺就可以到隔壁國立市的地方。該不會社長認爲，從國分寺的這一頭走到那一頭，走路「只需要十五分鐘左右」吧？國分寺確實是個小地方，但也沒有迷你到那種程度。

姑且不管這些，眼前就是小松崎律子所住的公寓了。這幢名爲「小枝莊」的公寓，說穿了就是一幢很有年紀的木造灰泥兩層樓建築。我想說她這個單身女老師，住的應該是漂漂亮亮的飯店式套房大樓，沒想到結果倒讓人有點出乎意料。至少，眼前這幢不會是專租給單身人士的公寓。

「還眞是幢破舊的房子咧。應該說是早期的國宅唄？最近已經很少看到這種公寓了咧。」

「嗯，可是，正因爲這樣，所以只要付少少的房租，就可以住得很寬敞吧？」

小松崎律子的住處是一樓的邊間。裡面還算寬敞，玄關很質樸——應該說是很冰冷的三夾板門。

社長代表我們一行去按了門鈴。我們聽到門的彼端響起了清脆的「叮咚」一聲，可是卻沒有人應門。

「沒人在的喔？」

「可是，你看你看，屋子裡的燈亮著呀，應該有人在才對。」

社長說的沒錯。玄關的右邊是牆，左邊是窗戶。這一扇看起來是廚房的窗戶，用的是毛玻璃，所以看不清楚裡面的狀況，但至少可以很清楚的知道裡面有開燈。

社長又接連按了兩三次鈴，依然沒有反應。

「該不會去附近便利商店了唄？」

「嗯……我覺得即便是這樣，應該也會把廚房的燈關掉才對。」

社長一邊像是自言自語般地說著，一邊把手放在門把上，但門把卻轉不動。

「應該是從裡面鎖住了。」

「又來了喔？」

剛好昨天發生那件事，今天又這樣。要叫人不准胡亂想像裡面的狀況，還眞有點困難。

「嗯……該不會……」

「……流司，你想說什麼？」

「呵、呵呵，沒什麼，我什麼都還沒說。有先入爲主的想法可是大忌。」

社長一邊發出乾笑聲，一邊離開了門前，改把手放到廚房的窗戶上去，試著施了一些力，但窗戶還是打不開。看來這裡果然也上了鎖。

「不過，這間屋子是邊間，窗戶比較多，總有哪個窗戶是可以看得到屋子裡的吧？」

這幢建築物只有玄關這一面是朝外的，其他的三面都緊臨著一般的住宅，兩幢建築物接鄰的地方，種了一圈樹當圍牆。我們就沿著這道樹牆，繞到建築物的右邊去。

首先看到的窗戶有兩扇。前面的這扇窗比較大，但看起來應該是用來換氣的。窗戶外面還裝上了防盜用的鐵窗。鐵窗的一條柵和一條柵中間的間隔非常窄，不要說是小貓了，連一隻老鼠恐怕都進不去。社長確認過後，發現兩扇窗戶當中，比較小的窗戶是可以打開的。當然窗前還是有鐵窗，所以沒辦法從這裡進到屋裡去，但已經足以看清楚屋內的情況。社長隔著鐵窗，從這個小窗往裡探看。

現在這種舉動，要是被別人看到的話，很有可能會被報警處理。好在有隔壁家的牆和樹叢當我們的掩護，所以幾乎可以不必擔心被人發現的問題。

「這是洗手間的窗戶吧……哼，眞無趣。」

從小窗裡看到的光景，似乎沒能滿足社長的好奇心。

我們沿著夾縫繼續向前推進。有一扇大的鋁窗出現在我們眼前，但它上了鎖，窗簾也拉得緊緊的。不要說是從這裡進屋去了，就連想從這裡窺探裡面的情況，都有問題。

結果，我們什麼收獲都沒有，就這樣來到建築物的後面。在我們眼前有一扇大的鋁窗，稍遠處還有一扇更大的鋁窗。從這兩扇窗裡都透出了光線，但都從裡面鎖住了。

就在這時，八橋學長用手指著比較大的那扇鋁窗下緣。

「哦！從這扇窗應該可以看得到裡面咧。」

「哦！眞的耶，兩片窗簾中間有個縫隙。」

我往窗戶一看，社長所言確實不假——只有這扇窗的窗簾拉得比較隨便，越往下，就越顯出有一道細長的縫隙。

兩位前輩躍躍欲試地把臉湊到那道細長的縫隙上去。

叩！

這已經不是「偶然的碰撞」，該說是「必然的碰撞」才對吧。不知道「教訓」爲何物的兩位學長，還眞是愛找麻煩。

「嗚！」

「哦！」

兩人分別壓著自己的下巴和頭部，往左右兩邊倒了下去。我眼前的光景，彷彿就像是在看昨晚的實況重播影片似的。我不禁萌生一股不祥的預感。昨天晚上，我記得就是我在他們倒下去之後，往保健室裡一望，就發現了那具滿身是血的屍體。

「……就算是這樣，總不會連續兩天都碰上這種事吧？」

我一邊這麼說給自己聽，一邊把臉湊到窗簾的縫隙上去。

「……」

映入我眼簾的，是一個倒在地上的女人。她的脖頸處流著大量的血，臉上則是像蠟一般的白，毫無表情。

「……小、小松崎老師！」

我意識到，原來偶爾也是有可能連續兩天碰上這種事的。

十六

「哎呀，冷……冷靜，別……別慌，現……現在慌也於事無補。」

多摩川社長一邊探看著窗戶的彼端，一邊呼籲社員們冷靜以對。但他似乎沒有發現，連他自己都不太冷靜。他略帶激動地又再呼籲社員們：

「大家仔細聽好。這種時候，大家很容易像個外行人一樣，做出魯莽的舉動。例如說因爲碰上了發現屍體這個異常的狀況，一時被沖昏了頭，就毫不思考前因後果地打破窗戶的玻璃，衝進屋裡去之類的。我們身爲精通本格推理的人士，對這類的魯莽舉動不可不愼。」

「瞭啦瞭啦。你那篇又臭又長的注意事項到此爲止，趕快先叫警察才對唄。」

「嗯，總之，我們先離開這裡，繞到建築物的正面去吧。」

遵照社長的指示，我們三個人正打算先退回正面玄關處。

就在這時候——

「喂！你們是什麼人？在那裡偷偷摸摸的做什麼！」

背後傳來斥責的罵聲，我們像是惡作劇被逮到的小鬼似的，嚇得聳了一下肩膀。回頭一看，有一位身穿灰色針織衫，年約七十歲前後的小老頭站在那裡，他用銳利的眼神瞪著我們，說：

「雖然說這裡是幢公寓，好歹也是別人家的私人地方，可不是能夠自己隨便闖進來的。你們連這點道理都不懂嗎！」

「對、對不起。您說的是。不過您是哪位？」

面對社長的疑問，針織衫男挺起胸膛回答說：

「你說我啊？老子我可是租隔壁房子的房客，也就是個承租人。我房租都有按時繳，你有什麼意見啊？」

「應該可以不用那麼囂張吧？」

社長在嘴裡喃喃地小聲說完之後，

「我沒意見。不過這裡發生大事了。小松崎老師的屋子裡……」

「唔？小松崎小姐發生了什麼事嗎？在哪裡在哪裡……？」

男人依照社長所指的方向，往那個有問題的窗簾縫裡一瞧。幾秒鐘之後，

「糟糟糟、糟糕啦！小小、小松崎小姐死啦！」

老人就像是假牙的咬合突然變差似的，結結巴巴地大叫之後，用出乎意料的矯健身手，跑到樹叢邊。接著，他抓起了一顆比較大一點的石塊，又再跑回到窗邊，並且用手裡拿著的那塊石頭，瞄準玻璃窗，奮力一擲。

砰啷！玻璃破了一個洞，碎片四處飛散。

老人從破掉的玻璃縫隙當中，把手伸了進去，徒手打開了裡面的邊鎖。接著，他就把窗戶開到最大，毫不思索地穿著鞋子跳進屋內。

就在我們看得目瞪口呆的時候，所有事情全都電光火石地在一瞬間發生了。

「唔……還眞的有咧，這種簡直就像是魯莽範本似的事情。」

「就一個本格推理讀者的角度來看，這個舉動還眞是負一百分滿分呀！」

兩位學長對這個老人所做的一連串顯而易懂的，同時也因而令人難以置信的魯莽舉

動，給予相當嚴厲的批評。

「不過，就別怪他了吧。既然他都做了，那也已經沒辦法挽回了。我們也跟著進去查看一下屍體吧。」

社長走在最前面，踏進了屋裡。

我一邊小心翼翼地不要碰到窗框和玻璃，一邊闖進了屋內。

進去之後的地方是玄關。三坪大小、鋪木質地板的室內，有張沙發和桌子，桌上有一個空了的茶杯。牆邊放著電視和飾品櫃之類的東西。說好聽點的話，是個一無長物的屋子；說難聽一點，就是個給人印象很樸實無華的屋子。

在屋裡的正中間，本來應該比我們提早一步跑到屍體身邊的老人，卻像是傻掉了似的蹲在地上爬不起來。這也難怪，畢竟眼前展開的是一個淒慘的光景。

小松崎律子就像是從沙發上滾落下來似的，倒在地上死亡。

「這看起來像是用剃刀割過頸動脈的樣子喔。」

社長臉色凝重，指著死者的右手。死者的右手上握著一把剃刀，刀刃上沾著黏稠的血跡。從死著頸部流出來的血液，把沙發和沙發四周染得一片血紅。如果這是一宗凶殺案，那麼「凶殘」這個形容詞應該是再適合不過的了。可是……

「我記得玄關是從屋裡面上了鎖的對吧？還有，像樣點的窗戶也都有鎖，打得開的只有人無法出入的氣窗而已。也就是說，這是……」

「嗯……是很想說它是一宗『密室殺人』案啦。」

「但是，就一般常識來看，這應該是『自殺』吧？」

「嗯，看起來確實像是自殺。」

社長也低聲地說。

「在一間人無法進出的屋子裡，一位成了凶殺案嫌犯的女老師，以剃刀割喉身亡。如果今天是投票表決的話，應該就要判定這是一宗自殺案了。標題會下成『殺人犯，萬般懊悔之下自殺』之類的吧？廢話不多說，先報警吧。」

社長用手帕包著設在沙發旁的那具電話的話筒，輕輕地拿起來，再用筆尖按下一一〇。以一個本格推理的讀者而言，算是有得到及格分數的小心行事。

「啊，喂？一一〇嗎？這個這個，我發現了一具屍體，所以想說跟你們聯絡一下。啊？地址？這裡又不是我家，你問我地址，我怎麼會知道？你問我是從哪裡打電話的？那當然是從案發現場打的呀，從一位叫小松崎律子的女老師家。啊？我呀？我是個碰巧發現屍體的普通善良高中生呀！很詭異？有什麼好詭異的？……」

這種打電話的方式，完全不及格。恐怕警察要從這通電話，研判出正確地點在哪裡，然後趕到現場，要花相當長的一段時間吧。

「這不是剛好咩？我們可以趁著現在這段時間，把案發現場的狀態好好查個清楚咧。

要不然等警方趕到之後，就不會再讓我們查看案發現場了哩。要就趁現在唄。」

「說的也是。」

我們推開半開著的門，從客廳來到走廊上。沿著走廊直走，就會通到玄關。出了玄關再往左邊去，就是隔壁人家了。

我們先沿著走廊直走，去玄關調查有沒有異狀。

玄關的門是往外開的，門上沒有投報箱，也沒有覘孔之類的東西。有問題的是鎖。這個鎖如果要從外面上鎖的話，需要有鑰匙才行；反過來看，如果要從屋裡上鎖的話，則需要將門把上的鎖閂轉成水平，也就是最一般型的門鎖。而眼前的鎖閂是呈現水平的。

從玄關往裡看過去，臨近的左手邊有一扇拉門，打開門可以看到的是廚房。廚房窗戶上用的是窗栓，也已經是鎖著的狀態。瓦斯爐上放著一個水壺。我摸了一下水壺，但它已經不燙了。

「說到水壺，客廳的桌上不是有一個喝茶的杯子嗎？」

「所以意思是說小松崎老師臨死前還喝了一杯茶嗎？」

「這很有可能咧，如果說水壺還這樣放在瓦斯爐上的話。唔？等一下喔，這個水壺，是笛音壺咧。」

於是，八橋學長火速地請在客廳裡那個針織衫老人過來。

「不好意思，阿伯，過來一下。」

「有什麼事嗎？」

老人帶著訝異的表情，來到廚房。

「阿伯，你說你住在隔壁對吧？那你剛才是不是有聽到笛音壺在響的聲音？」

「笛音壺的聲音？啊啊，你這樣說我倒是好像有聽到吶，『嗶～』的聲音。」

「如果你還記得是什麼時候的事情，那可就幫了大忙了唄。」

「不知道咧。誰會那麼注意去記鄰居家的水壺什麼時候有響過呀。我不記得是三十分鐘前還是一小時前了……總之我記得有響過。」

老人說的話太模糊了，幫不上什麼忙。不過，抱怨他也沒用。我們只好又從廚房回到了走廊上。

從玄關往裡看，走廊的右手邊有兩扇門，都是順時鐘往外開的門。看來這間屋子裡所有的門，好像都是這種形式的。我們先打開了離玄關比較近的門，發現裡面是廁所。廁所裡的馬桶是坐式的，沒有對外窗。再打開另一扇門，門後是洗手間。這個洗手間同時也是更衣間，旁邊擺了一台全自動洗衣機。浴室則在洗手間的旁邊，中間隔著一扇拉門。我拉開拉門，往裡面一瞧——裡面的衛浴設備並非一體成形的設備，而是傳統的那種可以再加熱的浴槽。不過在這裡並沒有發現任何異狀。

接著，如果從玄關往裡看，沿著走廊直走到底，穿過隔牆，就可以看得到客廳。不過客廳的部份我們已經觀察過了，所以我們在走廊直走到底的地方往右轉。這邊的走廊

小松崎律子宅邸平面圖

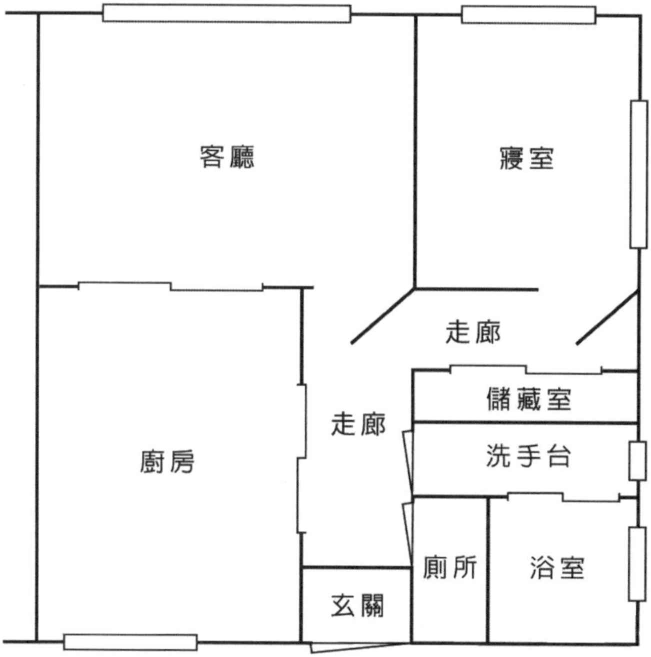

右側是收納用的空間，走到底左側則有一扇和客廳相同的門。我們打開了半掩著的那道門，往裡一看——原來這裡是臥室。牆邊有床和梳妝台，窗邊則擺著衣櫃之類的東西。我們踏進寢室，確認寢室裡的鋁窗的確都是從屋內上了鎖的。

「咦？」

八橋學長突然在那座放在牆邊的梳妝台前面蹲了下去。

「怎麼了嗎？」

「這張坐凳上有把鑰匙。」

坐凳，也就是在梳妝台化妝的時候用的那種圓形椅子。而這張圓凳是塑膠製的便宜貨，恐怕不是原本就和梳妝台一套的東西。

在這張圓凳上，有一把鑰匙很隨意地掉在這裡。

這把鑰匙上，還串著一條鍊子，長度大概可以套在手腕上繞一圈，鍊子的另一端則是結了一個很小的鈴鐺。

「這是會哪裡的鑰匙咧？」

我越看越覺得它就是一把到處都有的金屬鑰匙。例如說——

「這會不會是玄關的鑰匙呢？」

「喔，我也這麼覺得。不過，爲什麼玄關的鑰匙，會掉在這種地方咧？」

八橋學長會有這個疑問是相當合理的。只不過，我回答不出他這個問題的答案。

「不過，姑且不論它掉在這裡的問題，鑰匙會出現在房間裡這一點，是一個很重要的關鍵。這將使得『有人用剃刀殺害了小松崎老師之後，鎖上了玄關逃走』這一個論點不成立。」

「是咧。也就是說，自殺的可能性越來越高了咧。」

我們算是得到了一定程度的收獲，於是便回到客廳裡來。

「啊？喂喂！我就說了嘛，『多摩川』是我的名字，案發現場在國分寺啦！啊？赤坂？哎唷，不是啦！」

社長還在講電話。這通電話講得可眞久。

十七

終於，有好幾台響著警笛聲的警車，包圍了「小枝莊」，現場彌漫著一股肅殺的氣氛。很多警官摩肩擦踵地擠在狹窄的案發現場。當中，當然也少不了那兩位刑警的身影。

兩位刑警一邊看著偵查員在現場忙碌，一邊感慨地說：

「呼……原本還以爲要負責查案了，結果當天就來個急轉直下，眞正的凶手竟然自殺，讓整個案子落幕……唉呀呀，該說是令人嘆爲觀止嗎？這一件案子實在是太奇怪啦。總覺得還沒有辦到案，對吧？烏山刑警。」

「會覺得還沒有辦到案，是因爲你眞的沒在辦案吧？祖師之谷警部。」

「……」

「警部，我開玩笑的啦。我覺得會演變這樣也無可厚非，小松崎律子會自殺，也很合理。她應該不是眞的想要殺害偷拍狂田所，才出手殺人的。我想她應該是有什麼因緣際會，或是突發的糾紛，才導致她殺掉田所的。接著，她雖然一時假裝成第一個發現案發現場的人，躲過了嫌疑。然而……」

「嗯，然而，她越想越自責，最後終於自己動手懲罰了自己所犯下的罪。唉，大概就是這麼回事吧。後續再持續偵辦下去的話，一些疑點應該也會慢慢明朗吧。做事做事。」

祖師之谷警部轉向了我們三個人。

「各位同學，我要由衷地感謝你們發現了小松崎律子的屍體。謝謝你們通知警方。」

社長不意爲意地搖搖手，說：

「我們只不過是在盡一個良好市民應盡的義務而已，不值得表揚啦。」

「誰說要表揚你了咧？」

「……喔，是喔？好啦，沒關係。對了，警部，就我剛才稍爲偷聽到的內容來研判，目前警方的看法，是把這件案子認定爲小松崎老師自殺，對吧？」

「嗯，應該是吧。因爲再怎麼說，就目前的狀況來看，她死於自殺身亡這件事情，應該就是錯不了了吧。」

「那麼，小松崎老師是幾點左右自殺的呢？」

「這個嘛，大概是你們發現現場的三十分鐘前左右吧，也就是下午六點左右。」

「有發現遺書嗎？」這是八橋學長提的問題。

「目前還沒有發現。不過，不留遺書就自殺的，倒也不稀奇。」

我接著問了千歲小姐一個問題。

「對了，千歲小姐，今天白天妳和警部好像一直很積極地在找東西，你們究竟是在找什麼呢？」

「啊，那件事呀。……如何？警部，告訴他們吧？」

「嗯……怎麼辦呢？雖然我覺得其實也沒有什麼好隱瞞的。」

說完，警部對著在屋內的偵查員大喊：

「喂～！怎麼樣？有沒有找到那個東西呀！」

接著，剛好就在這個時候，有一位年輕的偵查員回話了。

「啊！警部，找到了。是這個吧？」

「什麼？找到了？在哪裡？讓我看看。」

「它就隨意地被收在客廳的一個雜物盒裡面。東西在這裡。」

年輕的偵查員把某樣東西親手交給了祖師之谷警部。警部用戴著手套的手接了下來，便和千歲小姐一起討論著「型號多少？」「機型呢？」之類的事情。等到他們談到一個段落之後，他才心滿意足地帶著笑容，像是要擋住我們視線似地，把那樣東西拿到我們面前。

它是一個閃爍著銀色金屬光芒，盒狀的金屬物體。

「照相機……吧？」我說。

「喔！是一台數位相機咧。」

這時，社長才像是終於開竅似的拍了手，說：

「原來如此。被殺的田所健二是個專門偷拍的狗仔攝影師，但他的屍體附近竟然沒有照相機。警方認爲是有人把它拿走了，才會一直在找它。簡單來說就是這樣，是吧，警部？」

「正是如此。」

「當然，我們認爲把照相機拿走的人很可能就是凶手，但是我們在找照相機的時候，其實並不認爲我們眞的可以找到。可是我們覺得，當我們隱約釋放出照相機的訊息時，對眞凶應該會產生心理上的一些效應。所以我才會刻意像白天那樣，大費周章地到處找關係人，一直重複地問同樣的問題，然後一邊觀查對方的反應。我可不是人家說的那個

『什麼東西至少也有一項會的』喔[15]。你們應該知道的吧？」

是這樣的嗎？我還以爲警部就是那個「什麼東西」呢。

「話說回來，那個照相機在小松崎老師住處找出來了，所以這樣就算結案了嗎？」

「應該是吧。」

「該不會這台數位相機裡面，剛好還有田所臨死前所拍到的照片檔案之類的吧？」

這是社長提的問題。對此，祖師之谷警部也很遺憾似地搖搖頭。

「那些檔案，還眞的沒有留在裡面。這也難怪，從凶手的角度來看，會想刪掉數位相機裡面的檔案，也是無可厚非的。要不然萬一自己剛好有被照到的話，那不就糟了？好了，烏山刑警，快把照相機送到鑑識科課去，查一查有沒有田所的指紋在上面。」

「是，警部。」

千歲小姐接過數位相機，腳步輕快地離開了現場。

看樣子，這台相機好像就毫無疑問是田所的。特別是祖師之谷警部那付胸有成竹的態度，比任何振振有詞的說明，都更強調了它的不容質疑。此外，小松崎律子是眞凶的論點，好像也幾乎是正確無誤。因此，她的死是由於自殺所致，這一點也幾乎沒錯了。

簡單來說，就是整宗案件已經幾乎接近偵破了。

註15：日本俗諺「傻瓜至少也有一項會的」。

第三章　冒險的第三天

一

小松崎律子死亡隔天──五月二十二日，星期五。

向來以悠閒和步調緩慢著稱的鯉之窪學園，也難免從早就籠罩在愁雲慘霧之中。當然，這同時也是由於連續兩天發生凶殺案的影響。

如果今天只是田所健二被殺害的話，那倒還不至於如此，因爲死的人是和這所學校無關的外人，校方只要祈禱凶手不會是學校裡的人就好了。

然而，昨晚小松崎律子死亡之後，這些校方人員的期待就全都被敲碎了。

她的死，就案發現場當時的情況來看，一般認爲應該是自殺。警方也朝著她用自殺來坦承犯案的方向，持續偵辦當中。警方人員相信這件案子已經幾近偵破，不由得露出從容的笑臉。而相形之下，校方人員的表情則顯得相當悲痛。

實際上，今天學校機能癱瘓的程度，比昨天還要嚴重。當然，這種情況之下，根本沒有辦法上課。校方於是把學生都集合到體育館，針對小松崎律子的死，做了一番曖昧模糊的說明。然後，就在一句「請各位身爲鯉之窪學園的每一位同學，務必冷靜行事」的呼籲之後，形式上做了一個爲故人祈福的默哀儀式。

解散後，同學們先回到教室。在「起立」、「敬禮」、「坐下」之後，各班的導師說了些無關緊要的話。接著就又再次「起立」、「敬禮」，然後就當場解散了。簡單來說，這一天幾乎可以說是臨時停課了。

同學們在上午十點就已經踏上歸途。

這時石崎人在生物實驗器材室裡喝著早上的特調咖啡。小小的空間裡，充滿了芳醇的香味。「現在整個學校都天翻地覆」的那種沉重氣氛，並沒有蔓延到這裡來。這裡彷彿有什麼東西，是能夠讓人沉澱下來的。

「唷！是赤坂同學啊？昨天晚上好像鬧得很大呀？小松崎老師的事情還眞是令人遺憾。先不多說，你過來坐在這個椅子上，先喝杯咖啡吧。」

石崎把我叫了進去，接著他就把燒杯裡的琥珀色液體倒進杯子裡，送到我手上。然後他就拿起了攤在桌上的報紙。

「你看了嗎？」

我回答：「嗯，當然看過了。」我就是要來談這件事的。

「根據報上的報導指出，警察目前朝自殺及他殺這兩方面來著手進行調查。報紙一般大概都會這樣寫啦。但就我所知，警方已經判定她的死亡毫無疑問的是自殺，目前正在積極蒐集相關的證據。」

「就我昨天看起來，千歲小姐好像也這麼想。」

「我想也是。」石崎說。「我也大致從她那邊聽說了。」

表示我們自己掌握的資訊都已經跟對方分享過了。

「從你的角度來看的話，你會怎麼看待這件事？小松崎老師家眞的是個密室嗎？難道不會有人是故意要嫁禍給她，所以將她殺害之後，又把案發現場塑造成一個密室嗎？」

「嗯……話是如此，但當時屋子確實是有上鎖的狀態。這一點我認爲是沒有問題的。」

我一邊說完這些，接著又根據石崎的問題，把昨晚案發現場的情況向他說明了一番。而石崎就像是在打破密室問到底似的，不斷地重複問一些不願妥協的問題。到最後，我還得要幫他畫一張現場的平面圖。他一邊看著這張平面圖，才終於像完全瞭解了似地，低聲說了一句：

「還眞的是密室呢。」

「不過，說不定有備份鑰匙。千歲小姐昨天不是也有講過嗎？備份鑰匙這種東西，只要有心，很容易就可以變得出來。」

「她說的那是保健室的鑰匙喔，可不是自己家裡的鑰匙。」

「什麼意思？」

「老師不會隨身攜帶著教室的鑰匙。簡單來說，就是管理得很鬆散。像這間生物教室就是一個最好的例子。我拿鑰匙打開這裡的鎖之後，那把鑰匙會怎麼處置呢？……你看，就這樣直接掛在桌邊的掛勾上而已。你要是有心想把鑰匙帶走的話，隨時都有辦法帶走。如果只是拿去打一把備份鑰匙的話，這麼短的空檔，我應該是不會發現鑰匙不翼而飛吧。」

「沒想到還蠻隨便的嘛。」

「什麼話？我想保健室的眞田醫師應該也好不到哪裡去喔。所以，要說保健室有備份鑰匙的話，這一點確實我們很難去否定它的可能性。可是，家裡的鑰匙就不一樣了，因爲一般應該都是隨身攜帶才對。要想趁鑰匙主人沒發現的空檔，把鑰匙偷走，打一份備份鑰匙之後，再趁主人沒注意的時候，把鑰匙放回去。這個手法就不是那麼簡單了。」

「的確是。那假設小松崎老師有男朋友，那個人手上有備份鑰匙的話呢？」

石崎喝了一口咖啡之後，才老實地把想開口說的事情說了出來。

「我覺得呀，她應該是沒有一個可以給備份鑰匙的對象啦。就我的角度看來，她看起來是一個抱定不婚主義的人。」

「所以，有備份鑰匙存在的可能性還是很小。因此，小松崎老師是自殺的這個論點，也相當可能會成立。是嗎，老師？」

「唔……我還不能夠斷言。那你又是怎麼想的？」

被問到意見了。我終於可以把我此行最想談的話題拿出來討論了。

「老實說，小松崎老師的死，我有一個很在意的點——就是關於保健室是密室……」

「嗯？」

「它和單擺究竟有什麼關係？」

「啥？」

一如我的預期，石崎就像是在說「莫名其妙」似地，張著他的嘴。

「單擺」是我昨天和小松崎律子站著談話的時候，她提到的一個關鍵字。她從久保老師提到的「單擺」這個字，找到了打開密室之謎的線索。我把當時的對話內容，告訴了石崎。

「唔……小松崎老師竟然說了這麼一段意味深長的話呀。況且，從這段話的內容來分析，很難讓人認爲她會在數小時之後決定自殺。嗯，聽了你的這段話，我越來越強烈的懷疑她是不是眞的死於自殺了。」

石崎彷彿像是要讓激動的自己冷靜下來似的，往後靠在椅子的靠背上。

「可是，『密室之鑰是單擺』這一點也很古怪。她當時究竟是在想什麼呢？你覺得呢？啊！『古老的大鐘』？爺爺的老時鐘確實也是屬於一種單擺裝置。那麼，她就是從久保老師說的那段『太郎松上吊傳說』，突然想到時鐘的事情囉？然後就從時鐘上面找到解開密室之謎的線索了嗎？……總覺得有點難想像吶。」

「我也想像不到耶。」

「她有沒有針對單擺再講什麼更具體的內容？」

「也沒什麼具體不具體，單擺就是單擺呀。」

「話是這麼說沒錯。說到單擺，我想她說的一定是『傅科擺』的那個單擺沒錯。」

這下換我反問回去了。

「那是什麼東西呀？你說的那個『傅科擺』。」

「『傅科擺』就是證明地球自轉的一個知名實驗呀。地球科學課本上面也有寫到。」

那我一定不會知道的。不是我自誇，課本我很少讀，就算讀過了也會馬上忘記。

「它是一個什麼樣的單擺？」

「你在說什麼？它不是一個什麼特殊的單擺啦。『傅科』是作了這個實驗的人的名字，而他的單擺也是一個很普通的單擺。」

接著，生物老師石崎便自顧自地講起了地球科學實驗的話題。

「所謂的單擺呢，是以一個點爲中心，朝著固定方向不斷擺動的東西。只要不要對它施加其它的外力，它的振幅方向是不會變的，單擺會一直以同樣的方向來反覆擺動——簡單來說就是所謂的鐘擺運動。再延伸來說，我們所站的這個地面，乍看之下並不覺得它有在動，可是實際上它是以地軸爲中心，不停地在動的，這也就是所謂的自轉。你聽懂了吧，赤坂同學？」

「喔……」總之是聽懂了，總之。

「那麼，假設我們站在北極點，我們的眼前呢，不知道爲什麼剛好有一個很大的擺鎚。」

「別傻了。」

要是有那種東西出現在北極點，那北極熊都要嚇一跳了。

「你給我乖乖地想像！科學來自想像力！」

沒辦法。我只好想像北極點有一個巨大的單擺，以及大吃一驚的北極熊朋友。石崎又接著說了下去。

「假如這是一個非常精密的單擺，而且沒有任何外力加諸在它上面的話，這個單擺應該會一直以同樣的方向來擺動才對。但事實上它並不會如此。這個單擺的振幅會隨著時間，而漸漸地往順時鐘方向偏。六小時後會偏九十度，半天後會偏一百八十度，一天後就會偏三百六十度。結果，單擺的振幅就會再偏回原本的方向。爲什麼會這樣呢？那是因爲在北極點觀察單擺的我們，也跟著地球一起在一天之內往逆時鐘方向轉了三百六十度的緣故——這就是因爲地球在自轉。簡單來說，單擺的偏移就是地球在自轉的證據。你聽懂了吧，赤坂同學？」

「喔……」總之是聽懂了。「剛才我們講到哪裡？」

「你給我清醒一點！我們在講單擺的事情。」

啊，對喔。明明是在察考密室的關鍵字，什麼時候講到這種奇怪的地方來了，害我差一點就忘了正題了。

「不過，剛才這一段沒辦法幫助我們解決凶殺案吧？」

「看起來好像不是這個單擺。唔，應該是要再想想其它的單擺才對吧。」

生物實驗器材室的門，彷彿像是在等石崎思考陷入僵局的這個時機似的，響起了敲門聲。在開啓的門縫上露出臉來的，是八橋學長。

「喔！八橋同學，還眞是稀客。你一個人呀？多摩川同學怎麼沒跟你一起？」

「他呀，我有找他啦，可是找嘸人。老師啊，你有看到那個豬頭嗎？」

「哎呀呀，這就危險啦。」

石崎好像也知道放著多摩川社長自己一個人會有多可怕，因而露出了擔憂的表情。

「不過很可惜，只有赤坂同學在我這。我今天一整天都還沒看到社長的人影呢。」

「是喔。那我再去別的地方找找看。」

「啊，八橋同學，你先等等。」

石崎叫住了隨即打算要離開的八橋學長。接著，他毫不猶豫地問了學長一個很單純的問題。

「八橋同學，說到單擺，你會最先想到的是什麼？」

「單擺？這是什麼狀況？聯想快問快答嗎？」

「先別管，你就當作是聯想快問快答也沒關係。」

八橋學長先事愣了一下，接著就雙手抱胸，認眞地深思了好一會。

「嗯……這個嘛，說到單擺我會想到的東西……喔！我想到一個了！」

八橋學長啪地拍了一下手，便走到生物實驗器材室的一角。接著，他握住了立在那裡的一根室內用的掃把，然後像是確認手感似的，站在原地空揮了兩三次。最後終於快步地走回到器材室中央處的八橋學長，就這樣走進了看不見的左打者打擊區……。

咦？八橋學長是左打嗎？八橋學長無視我的疑問，俐落地向不存在的對手報上姓名。

「鯉之窪學園三年級，八橋京介，偵探社社員。喜歡的選手是阪急的……」

八橋學長故意不說出他喜歡的選手叫什麼名字，而是擺出了把掃把球棒拿到面前直立的姿勢。接著用左手稍微拉了一下右手的袖子，並且緩緩地讓球棒在身體前面轉一圈，再把球棒握在臉的後方處。就在下一個瞬間，他終於讓右腳翩然地離開地面，就在我以爲他的腳接下來要在空中旋轉的時候，下一秒，他的掃把球棒竟然是斜著往下揮，而且球棒的最前端很滑順地畫了一個大圓。我看著他那彷彿像打過棒球的人才畫的出來的球棒軌跡，稍微看得有點出神。八橋學長才完成一次的揮棒動作，就像是要我和石崎稱讚他似的，向我們露出很滿意的笑容。

「怎麼樣？很厲害吧？」

「？」石崎看似有些困惑地把手抵在下巴上，說：「你的意思就是要我們猜猜看你在模仿誰對吧？」

「沒錯。」

「是阪急的選手對吧？」我問。

「嘿啊，有名的咧。不要說你不知道喔，阿通你應該是絕對知道的啦。」

我和石崎接受了八橋學長的挑戰，把我們所知道的阪急退役選手的名字一一列舉出來：福本、蓑田、、大熊、加藤、高井、松永、藤井，還連馬卡諾（Marcano）、威廉斯（Williams）、布馬（Boomer）這些名字都搬出來了，可是八橋學長還是頻頻搖頭。

結果，我和石崎認輸了。

「猜不出來耶，告訴我答案吧？」

「我也投降。這到底是誰呀？」

「你們兩個還眞笨咧，這很簡單的唄。」

八橋學長一邊揮著掃把，一邊像是很憤怒似地告訴我們答案：「是ICHIRO[16]、ICHIRO啦！一講到單擺，一定會先想到的當然是鈴木一朗的鐘擺打法的嘛！」

這麼硬坳的答案，我和石崎不約而同地從椅子上摔了下來。

「八橋學長，ICHIRO不是阪急的啦！」

「啊？沒有唄，ICHIRO本來是歐力士隊的，歐力士就是以前的阪急，所以ICHIRO就

註16：鈴木一朗，日本職棒明星，原屬歐力士隊，後挑戰大聯盟，目前效力西雅圖水手隊。

是前阪急隊的知名球員。……這應該是常識唄？」

根本就完全不是常識。

二

結果，石崎也沒有針對「單擺」和「密室」之間的關係，告訴我任何具體的看法。或許這兩者之間根本就沒有關係也說不定。是小松崎老師自己認爲單擺是解決密室之謎的關鍵而已，並沒有任何確鑿的根據。再者，還有一點可疑的是，也有可能是小松崎老師本人就是凶手，她爲了要混淆我們的思考方向，所以故意給我假消息。要是我太認眞地去思考這件事情的話，有可能會反倒看不清全案的本質所在。於是我決定先擱置這個問題。

我向石崎說了聲再見，便離開了生物教室。

所有課程都停課的鯉之窪學園裡，呈現一片閒散的氣氛，好像幾乎所有的學生都已經放學了。而我也不是特別想在學校裡久留，差不多該回家了。然而……

總覺得好像差了點什麼，好像是遺忘了什麼重要的東西似的……到底是忘了什麼呢？

我茫然地被這個想法糾纏著，一邊邁開了步伐。這時從擴音機傳來了一陣昨天也聽過的鈴響聲。而鈴響聲之後，緊接著就是一個又甜美又澄澈的聲音，像在輕輕搔弄耳朵似地傳來。我不禁停下了腳步。

「本日所有課程都已因故停課。還留在教室的同學，敬請立刻離開……」

啊，這是山下佳代子的聲音。今天她依舊戴著廣播社社員的面具，隱藏她身爲偵探社員的眞面目，清新而莊重地進行校內廣播。眞了不起。

我一邊聽著她的廣播，才終於想到讓我覺得少了什麼東西的眞正原因。今天都還沒有看到多摩川社長。話說回來，剛才八橋學長也在找他，不知道是不是已經找到人了。

說時遲那時快，就在這時候……

「……重複。本日所有課程都已因故停課……啊！」

「唷，佳代子，昨天不好意思吶。我今天是來道歉的啦……」

「喂！流司！原來你給我跑到這裡來了！」

啊，原來多摩川社長和八橋學長都在廣播視聽室。得來全不費功夫。

我也應該要和兩位學長集合才對。於是我動身前往第一教學大樓。

就這樣，我們三個人順勢集結在一起，但卻被山下佳代子學姐的手很冷漠地從廣播視聽室給推了出來。她說我們會打擾她廣播。結果，我們三個又一起淪落成爲四處流浪的人了。

「搞什麼嘛？搞什麼嘛？佳代子那樣也算是個偵探社社員呀？她眞的和我們是一夥的

嗎？如果眞的和我們是一夥的，就應該要爲我們這群沒有社辦的人著想，很親切地讓出半間廣播視聽室給我們用才對呀。眞是的，我對她太失望了。」

「怎麼可能啦？要讓出半間廣播視聽室……喔！這間攏嘸人，今天就讓我們借用一下唄。」

八橋學長邊說「這裡」，邊用手一指的地方，是「一一二〇二」教室。

「這裡好嗎？這裡可是學生會的辦公室喔。」

「怕嗎？沒在怕的啦。」社長毫不猶豫地走了進去。「幸好櫻井梓不在。」

「喔，先佔先贏啦。不過，敢擅自使用學生會辦公室，我們也還眞有種咧。」

「都是不分配社辦給我們的學生會不好。」

社長很獨斷地一口咬定。從這裡也隱約看得出他對櫻井梓帶著一份很彆扭的感情。

學生會辦公室的大小和一般的教室相同。教室中間放著一張大桌子，周圍還有幾張摺疊椅。牆邊有用來收納資料和檔案夾的檔案櫃，此外還有傳眞機和影印機等等事務機器。窗邊的桌子上，電腦和印表機一應俱全。儼然就像一間小辦公室。

「喔，不愧是學生會辦公室呀！這裡還有電腦。」

「喔！眞的耶，是要拿來做什麼用的咧？」

「……」

「……」

「言歸正傳，」社長沒有去碰鍵盤，突然改變了話題。「那就讓我們把焦點拉回到案子上吧。」

我心想：社長早知道自己不會用電腦的話，那就不要把話題帶到那邊去就好啦。

姑且不管這些，回到案情的討論上。社長刻意營造出很沉重的氣氛，才開口說：

「前天先是田所健二的凶殺案，接著昨天又發生了小松崎律子被殺的事件，顯示目前整件案子已經呈現越來越複雜的趨勢。因此，這時候有必要坐下來好好探討一番。啊，我醜話先講在前面，要是有哪個混蛋敢說『小松崎老師是自殺』這種無聊的論點，我會請他現在就退出這件案子的調查。她的死，無疑就是一宗他殺。是因為殺害田所健二的人想要嫁禍給小松崎老師，才會把她殺掉的。我可以肯定，她家的那個密室狀態，還有田所的照相機在她家被找到的事，都是為了要把整件案子嫁禍給她，才去動的手腳。」

八橋學長相當犀利地挑戰了語氣堅定的社長。

「凶手真的會只是為了要嫁禍，就去殺掉一個毫無瓜葛的人嗎？應該還有什麼更進一步的理由才對唄？這個理由，是一個讓凶手認為不能留小松崎老師這個活口的，擋也擋不住的事情。」

到這裡我就有一點猶豫了。我還沒有向兩位學長報告我和小松崎老師之間談的那段有關「單擺」的對話。現在小松崎老師都已經死了，或許我確實應該要把這段話告訴他們才對。況且我也已經告訴石崎了，更應該向學長們坦白才對。

可是……

要是我跟他們說的話，這兩位學長一定會問我很多問題吧。接著這兩個人就開開心心地賣弄他們的論點，最後根本就推導不出任何結果也說不定。這樣一來，我們就沒有辦法針對其他的論點，再做更深入的探討。問題應該不只有「密室」和「單擺」才對。

例如說還有藤川美佐的問題。她今天好像也沒有來學校上學，也因此，她失蹤的傳言，也在學校裡漸漸流傳開來。藤川美佐在這宗案件當中，究竟扮演著什麼樣的角色？

我刻意把這個問題丟出來給兩位學長。結果——

「這種話還不能大聲說，」

社長先說了這句話，然後用很大的聲音說：

「我認爲藤川應該已經不在這個世界上了，雖然我還沒有任何根據。」

「喔，也就是說，她已經被殺掉囉？這倒是令人意外咧。」

堪稱爲當紅炸子雞的人氣偶像藤川美佐已經不在這個世界上了——而且她還是被殺掉的話，想必一定會讓世人感到相當震驚。但這種事情眞的有可能會發生嗎？我覺得有一點缺乏眞實感。於是我問社長：

「如果是這樣的話，那麼殺害藤川美佐的凶手，當然就是田所健二囉？」

「當然，很有可能。」

「那他的動機會是什麼呢？田所要殺害藤川美佐的動機。」

「嗯，田所爲了要偷拍女藝人的照片而潛進學校。這時，藤川還在學校裡，本多幫她跟西野繪里佳一起做課後輔導。不久，藤川先上完課後輔導，提早一步離開自習室。到這裡爲止都還很清楚。但問題就在這之後了。一個人在校園內遊盪的藤川，對田所來說絕對是一個大好的偷拍標的。所以田所一定會把他的照相機對著藤川。接著——沒錯，藤川發現了田所的舉動。藤川盛怒之下，衝上去要求田所交出底片……」

「喂喂喂，你這是哪個時代的本格推理呀？」

八橋學長嘲諷地插話。

「田所用的照相機可是數位相機咧！祖師之谷警部在小松崎老師的住處所找到的閃爍著銀色金屬光芒的那台就是啦。」

「嗯，也是啦。不過，管它是數位的也好，單眼的也罷，反正都差不多。簡單來說，藤川和田所之間起了一陣『把相機給我交出來』、『把檔案給我刪掉』的攻防，最後演變成爲肢體衝突，藤川想大聲求救，但田所當然會想阻止，於是伸手勒住藤川的脖子……等到回過神來的時後，藤川已經全身無力，田所這才對自己的舉動大驚失色……大概就是這樣的情節啦。」

我不得不承認社長的想像力非常出色。至於他的說法是不是屬實，這又另當別論。

「那麼，田所在保健室被殺的案子，又是怎麼回事呢？」

「嗯，這就應該是因爲有人想要制裁田所了吧。光是偷拍就已經夠不可原諒了，更何況田所還殺了人。某個受到正義感驅使的人物，對田所施以鐵拳——不對，應該是用打孔錐教訓他，這也沒什麼好意外的。」

原來如此，這下藤川美佐的失蹤和田所健二被殺的事件，總算是很完美地被連結起來了——雖然這條連結線很細。不過，這當中還是有疑點，我對「某個受正義感所驅使的人物」這一點，稍稍感到有點不對勁。

八橋學長相當犀利地指出這一點。

「如果只是個受到正義感驅使的凶手制裁了田所的話，或許我是還能認同的啦，可是，這個凶手可是連小松崎老師都殺掉了咧！這一點你不覺得很奇怪嗎？」

「唔，也就是說，這個凶手除了充滿正義感之外，還有窮凶極惡另一面，是個心理狀態很複雜的凶手吶。」

「太複雜了，複雜到我沒辦法想像了咧。」

如果凶手是個老師的話，那感覺上是不是會像個流氓版的金八老師？就算鯉之窪學園再怎麼樣，應該也沒有這樣的老師。

「我反而覺得應該是反過來的咧。」

「反過來？怎麼說？」

「應該是藤川美佐殺掉了田所健二才對吧？」

這還眞是一個完全相反的見解。但這也是昨天我聽西野繪里佳說藤川失蹤的事情之後，當下不禁脫口而出的看法。

「動機呢，剛才流司講的大概八九不離十了啦，也就是拍照問題所引發的糾紛啦。只不過呢，我的看法是在兩人起了肢體衝突的時候，藤川手邊偶然出現了打孔錐這個凶器。就在衝突當中，她用打孔錐刺向田所的左胸，殺害了田所。犯案後心生恐懼的藤川，就這樣從這所學校消失了。這樣就好了唄?SIMPLE IS BEST啦。」

八橋論應該要比多摩川社長的論述要來得實際得多。再說，如果是照這個說法來看，社長說的那個「某個受到正義感驅使的人」，也就是一個抽象的第三者就可以不必出現了。然而，接下來輪到社長反擊了。

「唔?什麼SIMPLE IS BEST嘛。那你說的那個殺了田所之後，心生恐懼而從學校消失的藤川美佐，隔天又跑到小松崎老師家裡去殺她了嗎?把藤川說成那麼細心又大膽的女生，這個我才覺得複雜到沒辦法想像啦。」

「……」

對此，八橋學長完全沒有辦法反擊。兩人的這場辯論最後以平手收場。

這時，我又重新拋出了一個問題。

「不管田所健二和藤川美佐之間，究竟是誰殺了誰，至少這兩個人確實因爲偷拍而起了衝突的這個部份，兩位學長應該都是沒有異議的吧?」

「是啊。」

「嘿啊。」

兩位學長不約而同的點了頭。

「那麼，這兩個人起衝突的地點會在哪裡呢？是保健室嗎？」

「不，我不覺得保健室會是他們起爭執的地點咧。」

「以這兩個人狹路相逢的可能性上來看的話，地點應該是第一教學大樓吧。」

聽了兩位學長的答案，我對我自己的想法更有信心了。就是這樣，當時藤川美佐和西野繪里佳都在第一教學大樓，所以偷拍狗仔田所理應也在第一教學大樓附近才對。所以，下一個問題自然就來了。

「那麼，田所健二的屍體爲什麼會出現在組合屋校舍呢？」

以剛才的一連串推理看下來的話，田所應該要死在第一教學大樓的某個地方才對，他沒有必要死在保健室裡。這就是我不解的地方。

「對，重點在這裡咧。」八橋學長面對我，伸出手指說。「我也覺得這宗案件的疑點，終究還是在這個部分啦。爲什麼田所會在保健室被殺咧？在進入密室的討論之前，這一點也是很詭異的地方咧。流司你也覺得詭異唄？」

「的確。如果只是要殺掉當時人應該是在第一教學大樓附近的田所，專程跑到保健室來這個舉動，好像看起來沒有什麼意義。如果是這樣的話……」

社長用更堅定的語氣繼續說了下去。

「以案發現場不自然的情況來看，應該是這樣的吧？田所先在第一教學大樓被殺之後，屍體被移動到保健室裡去了。再說得更嚴密一點的話，也就是屍體是從第一教學大樓被丟到保健室的窗戶裡去的。這當然是一個爲了要模糊第一案發現場的舉動。是吧？」

我無法理解社長這一番話是什麼意思，聽起來相當地不合理。我開口問了八橋學長：

「把屍體丟進保健室的窗戶裡去……?這種事情是有可能做到的嗎？」

「喔，如果要問說是不是眞的辦得到，可能性大概要打上五十個問號，也就是微乎其微的啦。不過，要是眞的能夠辦到的話，那案發現場那些不自然的狀況就全都變得能夠解釋了。這點倒是可以肯定的啦。」

「不自然的狀況？你指的是……?」

「就腳印的事啊。如果屍體是從窗外被丟進來的話，那窗外當然就不會有被害人的腳印了嘛。」

原來如此。屍體當然不會留下腳印。這個論點很有好好深入研究的價値。

三

「叩、叩」

突然響起了一陣敲門聲。我們回答「是哪位？」之後，拉門就被拉開了一個小縫，縫裡出現的是一個長頭髮的女同學，臉上帶著很訝異的表情。

「有人在呀？……啊！」

發出怪怪尖叫聲的，是學生會長櫻井梓。

話說回來，我還眞的忘了這裡是學生會的辦公室。多摩川社長應該也跟我一樣，完全忘記這間教室是什麼地方了吧？社長面對目瞪口呆地站在門邊的櫻井梓，毫不畏懼，光明正大地說：

「我還以爲是誰呢，原來是櫻井啊。嘿，妳不用客氣，可以進來呀。現在剛好我們討論得正熱烈呢！」

「什麼叫做『妳可以進來呀』？還『可以進來』呢，你也太得意忘形了吧。」

櫻井梓忿忿不平地走了進來。她還擺出了雙手插腰的強勢姿態，說：

「你們應該知道這裡是哪裡吧？」

「我記得這裡是……」我說。

「是學生會辦公室的咧。」八橋學長說。

但最關鍵的社長竟然擺出一副要賴的態度，說：

「只要有空教室和本格的討論，那個地方就會是我們的社辦。學生會辦公室也不例外。對了，妳來得正好，櫻井，妳也來參加我們的討論吧。多少可以加深妳對本格推理的理解喔。」
「嘿，多摩川同學，你聽過『做賊的喊抓賊』這句話嗎？」
「怎麼啦？我們沒有做賊，也沒有喊抓賊。」
櫻井梓「呼……」地大嘆了一口氣，便放棄再爭執下去了。
「好呀。反正是要談那件案子的事情吧？那件案子的話，多少跟我也有點關係，我也不是完全沒有興趣。如果你們是要認眞討論的話，倒是可以稍微聽你們講一下囉。」
櫻井梓用原本插在腰上的那雙手去拉了一張剛好放在她身邊的摺疊椅，一邊又問了社長一個問題。
「那……你們談到哪？」
社長面不改色地回答：
「嗯，談到『把屍體丟進保健室裡的方法』。」
櫻井梓從還沒坐穩的摺疊椅上摔了下來……呼！屁股跌了個大跟斗的她，又受到反作用力的影響，後腦勺撞上了椅子的一角……鏗！她在桌子下抱著頭發出「唉呀……」的聲音。
「櫻井，妳想幹嘛？」社長問。
「沒、沒什麼……我只是有點吃驚啦。」
匆匆忙忙急著站起身來的櫻井梓，這下又被桌角撞到頭頂……叩咚！學生會長邊說

「哎……」，然後按著頭趴在地上。

「櫻井梓呀，妳到底是想做什麼咧？」

「櫻井學姐，妳到底是想做什麼呢？」

過了一分鐘之後……

櫻井梓口中說著「什麼東西嘛，眞是的」，一邊整理著裙襬，才好不容易站起身來。她的動作和表情，是以往很少在學生會長身上看到的一種屬於女孩子的羞赧。這也難怪，在別人面前跌了個大跟斗，頭又各撞上了椅子和桌子一次，大部份的女生都會覺得很不好意思吧。

「話說回來，剛才你們說的話，當然是開玩笑的吧，多摩川同學？」

「妳是說『把屍體丟進保健室的方法』嗎？誰在開玩笑呀，我們超認眞的啊。」

「我要回去了。」

「妳要回去哪裡？這裡是學生會辦公室，是妳們的社辦吧？」

「那當然。那，你們趕快滾出去呀。」

學生會長筆直地指向出口。

「嘿，等一下嘛，櫻井。」社長跳出來安撫學生會長。

「這眞的是在認眞討論啦，而且是攸關全案癥結的重要討論。錯不了啦，聽一下對妳不會有損失的啦，我保證。」

「眞的？」

「眞的啦。不過，我醜話先說在前面喔，我們在討論本格推理的時候，妳不准說我們的討論『不正經』、『沒營養』。妳這樣一講的話，我們就沒辦法再討論下去了。」

就這樣，社長取得了櫻井梓的同意，終於進入了正題。

「簡單來說，我們要思考的是怎麼樣在第一教學大樓殺人之後，再把屍體單獨丟進保健室的方法。」

學生會長的表情隨即一變。我一直提心吊膽，擔心她的口中會不會衝出「你們很不正經耶！」的這個禁句。

「好，那有什麼方法嗎？」

「例如用單擺式丟進去之類的。妳覺得呢？」

「單擺式？」此時，櫻井梓給了社長一記嘲諷的重擊：「咦？移動屍體的方式有分單擺式、發條式和石英式呀？好有趣喔。」

「喂，櫻井！」

「怎樣啦？」

「不准不正經！」

櫻井梓差點從椅子上跌下去，好不容易臨門一腳踩住煞車。接著她低聲地說：

「……我才不想被你這個全校最不正經的人說這種話呢。」

學生會長臉上出現了瞠目結舌的表情。在她的身邊，我正由於不為人知極度緊張而顫抖著。

當然，給我帶來衝擊的是社長口中說出的那個字——「單擺」。這跟昨天小松崎律子所說的關鍵字一模一樣。小松崎老師說「單擺」是解開密室之謎的鑰匙。然而，現在我們社長也打算要大談「單擺」。這只是偶然嗎？還是……

社長完全沒有發現我內心的惶恐，繼續說明「單擺式」。

「在推理小說當中，利用單擺的力量將物體從右邊移動到左邊去之類的，是很常見的手法，就像是種傳統藝術似的，是一種華麗的機關，如果能夠擅加運用的話，現在也都還能派得上用場吧。」

接著，社長進入更具體的說明。

「老實說，保健室附近的環境條件，剛好很適合使用這種單擺機關。最大的關鍵，就在於保健室和第一教學大樓中間，比較靠近保健室的地方，有那四棵松樹。特別是有一棵松樹，從保健室的窗戶看出去的話，剛好幾乎是正對著窗戶的，也就是被稱為次郎松的那棵枝葉寒酸的松樹。它長得更是恰到好處。」

「次郎松？」我不禁開口問。「那棵不是叫太郎松嗎？」

「嘿啊，那棵是太郎松咧。」

「說什麼傻話？那棵是次郎松啦。在那棵松樹上吊自殺的太郎，其實眞名叫做次郎。

這就是這個傳說的巧妙之處啊。對吧，櫻井？」

學生會長「咳」地咳了一聲，說：

「先當作是太郎松吧。學生會已認定那棵松樹叫太郎松。然後呢？凶手怎麼運用那棵太郎松？」

「你們想像一下：凶手先爬到太郎松樹幹的最上方，在那裡綁上了繩子。」

我不太確定學校中庭那些松樹的正確高度。大概五公尺？還是再高一點？差不多這麼高吧。

「繩子的長度頂多與樹高一樣，另一端上面有掛勾。凶手先讓繩子上有掛勾的那一端弄進第一教學大樓二樓的窗戶裡，接著凶手再用那個掛勾，勾住屍體。」

「用掛勾勾住屍體？」櫻井皺著眉頭問。

「對，能勾在屍體的皮帶上之類的話，就最理想的了。不過，也不能勾得太深，要勾得像是可以輕鬆拿下來的那種稍微勾到的程度。這樣就做好單擺了。你們應該可以想像吧？」

「嗯，喔，還算是可以吧。」

在天色轉暗的學校裡，太郎松斜斜地矗立在離組合屋校舍稍有一點距離的地方。從它的頂端附近，拉出了一條繩索。繩索往第一教學大樓的方向斜斜地延伸過去，另一端一直拉到了第一教學大樓的二樓窗戶裡。能夠想像到這種程度的我，還眞是了不起。

「接下來只要把手從屍體上放開就可以了。這時屍體就像是繩索向下垂下去似的，從第一教學大樓二樓的窗戶開始畫出了一個圓弧，穿過校園中庭，在空中滑翔。這時已有加速度的單擺，開始畫出向上昇的圓弧軌道，單擺的端點來到了保健室開著的那扇窗。可是，單擺的軌道，這時也差不多畫到最頂了。因爲保健室的窗框阻擋，使得單擺無法再向上劃完整個振幅；更重要的，是單擺本身的動能已開始變小了。不過，單擺的擺錘是一個掛勾，上面輕輕勾著一具屍體。而這具屍體已經產生了一定程度的動能，結果，屍體和掛勾分離，飛進了保健室裡，落在窗邊的床舖上。而單擺則循著和剛才相反的軌道，又回到了第一教學大樓去。這樣一來，窗外當然就不會留下任何人的腳印，密室也就此打造成功。怎麼樣？八橋，你還有沒有什麼要補充的？」

「問題的關鍵應該在於太郎松它是一棵斜著長的松樹。正因爲它斜著長，所以大家才說它最適合拿來上吊自殺的啦。這也就是說呢，它也很適合拿來設這種單擺機關，因爲綁在擺錘端的屍體，不會有撞到樹幹的問題。再加上它的枝葉長得很寒酸，所以不會有亂長出來的枝椏擾亂單擺繩索的運動方向。」

「正是如此。」

社長很心滿意足似地點頭。我呢，則是覺得社長說的這種「單擺機關」太過異想天開，驚訝不已，不知道該怎麼判斷是非對錯才好。

「怎麼樣呢，櫻井？妳有沒有什麼感想？」

「有是有，……但不能說『不正經』對吧？」

「沒錯。」

「也不能說『沒營養』，對吧？」

「對，這也是妳答應過不講的。」

「那我該說什麼才好呢？」

櫻井梓做出在自己的腦海終不斷找尋合適字眼的動作，抬起頭來逗趣地斷言說：

「說這種話是會遭到天譴的。」

原來如此，話也可以這樣說。

「不對嗎？我們現在遇到的案子可是貨眞價實的凶殺案喔。狗仔攝影師田所這個男子，在現實世界當中被殺了，成爲貨眞價實的被害者。不是在故事裡面，是在現實世界當中喔。所以，殺害他的手法，也應該是在現實世界當中有可能執行的方法。對吧？」

「喔，這可說不定喔。」

社長就像是事前已經預期到會有這種責難聲出現似的，當下就立刻反駁。

「你想想看，說穿了，所謂的『密室』這件事情本身呢，本來就是一個在現實世界當中不可能存在的東西。既然要解開這個『在現實世界當中不可能存在的密室』之謎，那我們反倒要刻意去驗證『現實世界當中不可能存在的手法』是不是有可能發生才對。所以，乍看之下似乎是非現實的這些論述，它們在方向性上是絕對錯不了的。我可先把話講清楚，我們可沒有打算把這個案子往搞笑或惡搞的方向去思考。這個案子它原本就是隱涵著一種跳脫常軌的，甚至可以說是不正經特質。也就是說，看起來好像是我們在思考這件案子的來龍去脈，但事實並非如此，而是案件把我們捲了進去，奪去了我們的思考……」

「咦？啊？什麼？」

面對社長這番突如其來的演講，連櫻井梓也覺得驚慌失措了。

「對不起，剛才這段話，你可不可以再說一次？光聽一次的話我沒有辦法理解。就多摩川同學的水準來看，我覺得這段話說得算是蠻有格調的。」

「喂，別把我當白痴好嗎？」社長雙手抱胸，一臉不悅地轉過頭去。「好話不說第二遍。妳當我是政客在演講呀？」

很遺憾的是，通常社長同樣的話如果說了第二次，那第二次說的就會是和第一次完全不一樣的內容，沒辦法叫他重複的。

這時，八橋學長用比較簡單的說法補充說明。

「簡單來說，他想表達的意思是說：就算是再怎麼樣天馬行空的幻想，也不會遭到天譴的啦。因爲這件案子本身就是帶有那種特質的案子嘛。」

原來是這個意思。所以說，會想到「遭天譴的單擺」，也不是想到這件事的人在道德操守上的問題，而是案情本身的特性使然的囉？說不定眞的是這樣。因此平凡的音樂老師小松崎律子，也才會想自己動腦筋解開密室之謎。恰好這個時候久保老師口中說出了「單擺」這個字眼，刺激她靈光乍現，想到某些事情。接著，在她暗示我這件事之後，就立刻遭人殺害了——哎呀？

此時，我的背脊突然一陣冰涼。糟了！我竟然到現在還沒把重要的事情告訴兩位學長。

「啊，各位，請等一下。其實，我有一件和單擺有關的事情，一定要向各位報告一下。是這樣的，昨天我和小松崎老師交談的時候……」

我終於把一直藏在心裡的這件事，也就是和小松崎老師談到「單擺」的這段過程，向兩位學長稟報了。

聽完之後，八橋學長像是很了然於心似地，點了兩三次頭。

「哈哈……所以剛才石崎才會問我那個詭異的單擺問題呀？什麼嘛，要是我知道在問這個的話，就不會答什麼『鐘擺打法』那種八竿子打不著的答案的啦。」

另一方面，多摩川社長露出很激動的神情，說：

「原來如此。她說的沒錯，打開密室的鑰匙確實是單擺。小松崎律子的死，正好證明了這一點。她只是遭人陷害嫁禍的而已。她已經直搗進凶手的機關裡了，搞不好她甚至已經完全瞭解案情的眞相了，所以凶手才會需要殺她滅口，也才會犯下昨天的那起殺人案。這就是凶手要殺小松崎律子的眞正原因，絕對錯不了。」

「那我們會不會怎麼樣咧？我們已經破解了單擺的機關了咧！這樣該不會惹上什麼衰事吧？」

對，這一點很重要。小松崎老師有可能是因爲發現了單擺的機關所在，所以才被凶手所殺。如果眞的是這樣的話，那麼難保同樣的事情不會發生在社長、八橋學長、我，還有櫻井梓身上。我們和小松崎律子一樣，都得到了「單擺」這把鑰匙了。這該不會也就表示，我們和小松崎律子陷入了同樣的危機了吧？我因爲這一點而感到全身不寒而慄。

「原來如此，這還眞的有點不妙了。」

多摩川社長的態度異常冷靜，和他所說的話完全背道而馳。

「可是仔細想想，從凶手的角度來看，只要偵探越接近眞相一步，對凶手絕對是不妙的。或許我們確實是知道了一件不妙的事情，但反過來說，這也證明了我們正在一步步地朝眞相邁進。我們不能怕。我們在前進的這條道路，正是通往眞相之路呀！我們不能害怕這條路走下去會怎麼樣，怕了就沒路走了。只要走下去，我們跨的每一步都將會成爲坦途；只要走下去，我們跨的每一步都將會成爲坦途。不要猶豫，向前衝吧！向前衝就對啦！」

「哦！社長，你說的這段是安東尼奥豬木引退的告別辭耶。」

八橋學長在一旁嘀咕。

「豬頭，不是豬木啦！朗誦過這段辭的，是一休和尚啦！」

哎？是這樣嗎？以一段拿來讓我等平凡人燃起鬥志的辭來說，社長這段引用算是相當出色的急中生智。

這時，在場的另一個人說：

「不過，眞的是這樣嗎？」

櫻井梓說出了一段話，動搖了社長的斬釘截鐵。

「剛才多摩川同學所說的單擺機關，到底有什麼地方會讓凶手覺得不妙啦？不就只是天馬行空的虛構而已嗎？我很難想像只爲了這種區區的機關，就要逼得凶手不能縱放小松崎老師活命。」

說的也是。學生會長冷靜的頭腦，果然大勝偵探社社長。而社長也必然地陷入了難以爲自己辯駁的窘境。

「這個呀，即便是一個乍看之下不可能存在的機關，也有可能碰觸到了一部份的眞相，而凶手認爲這是不能放過的。解開密室之謎的鑰匙，還是在單擺上面。我們也只能這樣想了。」

「它已經成了我們的一種期盼了咧。」八橋學長苦笑著說。

「那接下來是要怎麼辦？」

「跟警方說一聲比較好吧？反正它本來就是我們無力承擔的案子。」

「也對。那就跟祖師之谷警部說說看社長剛才講的單擺機關吧？」

「嘸通嘸通，跟那種刑警大人講什麼攏無效啦。最後一定會被說是『推理小說看太多』之類的，然後就不了了之啦。」

八橋學長說的確實很有道理。就昨天祖師之谷警部和烏山刑警的狀況看來，很難想像他們會把我們所說的話當一回事。因爲他們的偵辦方向，都是朝向「小松崎律子自殺論」的。

「那總之就先跟石崎說說看吧？怎麼樣，社長？」

「嗯，我想的確早晚也都是要跟石崎說。可是……」

正當我覺得社長好像有難言之隱的時候，社長就像是突然下定決心似的，用很認眞的表情看著社員們。

「我們還可以用更直接的手段……喂，你們耳朵靠過來一下。」

我和八橋學長照著社長的指示，把耳朵湊了過去。

櫻井梓也想把耳朵湊過來，結果社長用手把她的耳朵推了回去。

「你幹嘛？」

「不能被學生會長聽到。再怎麼說這也是我們偵探社的機密。妳可別誤會囉，櫻井。」

「哼！」櫻井梓把臉轉了過去，背向我們，相當不悅地說：「隨便你們。」

「當然囉，我們會自己隨便。」

接著，多摩川社長在我和八橋學長耳邊小聲說：

「今晚在『河馬屋』集合。」

四

這天晚上，八點半。

天氣是陰天，是一個吹著微暖的風，看不見月亮的晚上。

場景來到鯉之窪學園後面。「河馬屋」狹窄的店裡，下了班的男性上班族們，一手拿著啤酒，眼睛盯著電視上的職棒轉播，一邊吃著好吃燒，這個極爲日常的光景，猶如一幅畫似地展開在眼前。

然而，在店裡的一角，有三個看來和那些西裝組畫開了界線，屬於不同族群的年輕小夥子。這三個人都身穿黑色的服裝，看起來讓人不禁覺得他們是想趁著夜色做壞事的一群人。他們散發的可疑氣氛，飄盪在四周。

這群人——也就是我們偵探社最精銳的三人組，正要迎向深夜的冒險。

「各位，準備好了嗎？」

多摩川社長一邊猛力攪拌著手上那個不鏽鋼碗裡的麵粉、山藥和水，一邊很有威嚴地說：

「終於來到將這個動搖我們鯉之窪學園的連續密室殺人之謎，做個了斷的夜晚了。打開密室的鑰匙是單擺，這一件事情，已從小松崎老師的死，得到了印證。換句話說，我們可以合理懷疑，凶手就是利用單擺原理，將田所健二的屍體從第一教學大樓丟進了保健室去。關於這個假設的部份，今天白天的時候已經說明過了，我想這裡就不再重覆了。」

社長一邊說明今晚冒險的主旨，一邊把好吃燒的麵糊倒到鐵板上去。據他表示，一開始就先把好吃燒的配料和麵糊一起放在碗裡攪拌的煎法，根本就是邪門歪道。

「因此，下一步我們要做的就是，把那個單擺找出來。當然現在才要去找出原本的單擺，恐怕已經是相當困難的。因爲畢竟凶手也不是傻瓜，湮滅證據的動作，應該早就已經做完了。」

社長在鐵板上面，放上豬五花、小蝦仁、花枝等配料快炒了一下之後，再將它們移到麵糊上去。平常很粗線條的社長，做這種事情的時候倒是很龜毛。

「喇！」

社長的聲調一轉。他似乎是對自己說的那段話感到很慷慨激昂。因此，放在好吃燒上面的高麗菜，量也隨之大增。

「不過呢，如果凶手用了這個單擺的機關，那麼有一個地方一定會留下痕跡才對。而且，這個痕跡，就算凶手再厲害，也絕對沒有辦法輕易消掉。這個地方就是……」

「太郎松的枝幹上唄。」

八橋學長回話。他的眼睛盯著電視上的職棒轉播，只有耳朵在聽社長說話。今晚在甲子園開打的阪神—巨人戰，阪神一路保持領先，來到七局上半，輪到巨人隊的打擊。

社長雙手拿著鍋鏟，說：

「沒錯。單擺的繩索應該有一端是綁在太郎松枝幹上的某個地方才對。在這樣的狀態之下，假設是以屍體為擺錘，讓單擺左右擺動的話，松樹的枝椏上一定會留下繩索磨擦的痕跡，應該是不可能毫髮無傷才對。而這個痕跡只是從地上看不到罷了，現在應該還確實留在枝椏的表面上。」

「也就是說，」我有一點擔心了起來，「要確認枝椏上是不是留有那個痕跡的話……」

「沒錯。」

這個當下，社長擺出了前所未見的認眞表情。他雙眼直盯著眼前的好吃燒，下一瞬間，他用兩手上的鍋鏟，一股作氣把好吃燒翻了面。

有一半的高麗菜從麵餅當中飛了出來，灑得鐵板附近到處都是。這種關鍵時刻，社長總是太大意了。然後……這是什麼東西？

「社長，糟了！」

「高麗菜不用管它了，反正它只不過是個配角。」

「社長，忘了打蛋進去了！」

「唔～哎！糟！這可糟啦，阿通！沒加蛋的好吃燒是要怎麼吃啦……唉，浪費！」

社長使盡全力地動著鍋鏟，想把鐵板上那塊儼然已經無可救藥的好吃燒硬弄出個樣子來。結果，好吃燒是弄出了個形狀來了，可是已經無法再找出個加蛋的空間。無技可施之下，社長只好把多出來的這顆蛋打在鐵板上，煎成一個荷包蛋。

「總、總而言之……今天晚上我們就要潛進學校裡去。吃完這個以後，馬上出發。」

我忙著把四處飛散的高麗菜撿在一起，一邊說：

「要潛進去當然是可以，不過潛進學校這種事情，不就是犯罪嗎？」

「不，不是犯罪」，社長一邊盯著快要煎好的荷包蛋，一邊說：「這是只不身爲一名偵探所必需的、一種微妙的冒險……對吧，八橋？」

面對社長的問題，八橋學長只是繼續沉默地盯著電視。

「喂，你怎麼啦，八橋？你是怎樣？你是對我忘記打蛋進去這件事有什麼不爽嗎？還是你有那麼討厭我把麵糊和配料一起燒嗎？」

「不……不是，我沒有啦。」

八橋學長終於打破了沉默，但他的目光仍然緊盯著電視，顯然樣子就是不對勁。

「阪神是拿了總冠軍了喔？現在也才五月耶。」

當然不是。畫面上兩隊正在攻守互換，阪神虎的代打之神——八木正要走進打擊區。

「八橋學長，你怎麼了？」

聽了我的問題，八橋學長才回過神來似地回答說：

「沒有。我只是腦子裡突然稍微靈光一現，沒什麼事……好，來吧！該嗑的東西嗑一嗑，該出發去進行微妙的冒險了咧。」

「還沒！」社長阻止了急著要吃的八橋學長，說：

「還沒煎好，還要這樣用中火煎兩分三十秒……」

不知道爲什麼，多摩川社長對好吃燒的煎法有異常的堅持。

五

把好吃燒和附送的荷包蛋吃完之後，我們就展開了冒險。

首先，我們一行人從「河馬屋」轉移陣地，來到了學校的後門附近。學校四周有一部份是水泥牆，有一部份是用鐵絲網隔開的。不管是水泥牆還是鐵絲網，高度都不是太高。以後門附近的水泥牆來說，高度大概是兩公尺左右。只要有心想爬，這樣的高度應該可以輕輕鬆鬆就跨得過去。這樣一道外觀極爲普通的水泥牆，反倒教人不禁懷疑學校是否眞的有心想阻擋校外人士進入。

「不過，小心駛得萬年船。乍看不起眼的水泥牆，上面搞不好有裝最先進的防盜系統，只要一有人跨過這道牆，紅外線馬上就會偵測到，接著立刻警鈴大作，長嶋茂雄[17]也會跟著趕過來之類的。」

「還眞是奢侈的防盜系統呢。」

「而且還是個完全沒有意義的系統。」

社長好像有點誤會了SEC×M[18]的廣告所要表達的意思。

「照我看來啊，就算有人爬上了牆，應該也不會有觸動紅外線，然後警衛跟著跑來這種事情發生的啦。」

「你爲什麼會這樣覺得？」

「例如說要是有野貓爬到牆上去逛個一圈，或是有烏鴉停在鐵絲網上面的時候，每次紅外線都有反應的話，警衛就忙死了唄。如果今天裝的是可以辨識動物或人的紅外線，當然就另當別論，不過我們學校的防盜系統應該沒有那麼高科技才對。」

「原來如此，這倒也是。不久前學校還只有堀內伯伯在做夜間巡邏而已。」

我眞不該接上這句認同的話。緊接著，社長就命令我：

「那麼，阿通你就先爬上去看看吧。如果你爬上去沒問題的話，我們再跟著上去。好，上吧！」

註17：巨人隊的前明星打者、教練，也被譽爲日本的棒球先生。

註18：日本的一家保全公司。

「等一下，」我對社長這種單方面的命令做法，提出強烈的抗議。

「社長你這樣說，那要是萬一有問題的話，我要怎麼辦？你們會來救我嗎？我才不要咧！我一個人當壞人被警衛抓走，社長和學長擺出一副事不關己的樣子……我知道了啦，我上啦，我爬總行了吧？好啦好啦。」

結果，身為學弟的我，再怎麼和社長正面衝突，終究還是有限的。迫於無奈，只好依照指示爬上牆去。

我先跨坐在牆上，刺探了一下圍牆內的情況。確認附近都沒有其他人之後，才俐落地跳進校園裡去。意外地，什麼事情都沒發生。既沒有警鈴大作，也沒有警衛衝過來，當然棒球先生更是沒有出現。我反倒有點失落。

「兩位，沒問題了。」

「好，知道了。」

我成功翻牆進來之後，兩位學長也接連成功地翻牆進入校園。第一關算是輕鬆闖關成功了。我們先把圍牆邊整排櫻花老樹的陰影當作掩護，觀望了一陣子。不過，這時候我們還不能鬆懈，接下來才是大問題。

「有可能會碰到在巡邏的警衛，或是夜間巡邏的堀內伯伯耶。」

「確實是有這個風險，但更大的問題應該是警察唄？再怎麼說，我們學校可是凶殺案的案發現場咧！就算是深夜，也不可能完全沒有警察在唄？一定會有警察在啦。」

「嗯，組合屋校舍那邊，特別是保健室，警方爲了要保留現場，我想應該會派人駐守。但是反過來看，中庭裡的太郎松之類的地方，因爲被認爲是和命案毫無瓜葛，所以警方應該不會大陣仗地去戒護才對。只要靜待時機採取行動的話，我認爲搞不好可以很順利喔。」

我稍微覺得社長的意見有點過份樂觀，但總之也只能相信他，硬著頭皮上了。

「不過，我們要怎麼爬上太郎松呢？這跟一般的爬樹可不一樣喔。」

「這點沒問題。第一教學大樓的旁邊都有準備梯子，我們就用那個梯子吧。」

的確在第一教學大樓的側邊——也就是細長形大樓的兩端部份——各有一把梯子，一直都放在那裡隨時待命，以備萬一發生火災時可以緊急救難，算是誰都可以輕易拿來使用的狀態——因爲如果還上了鎖去保管的話，萬一發生事情的時候會沒有辦法立即發揮效用。也基於這一點，要把梯子搬出來應該不是難事才對。只要用這些梯子，那要爬上太郎松倒也並不困難。不過問題是，誰要來爬這個梯子呢？這裡我故意不開口問。

「好，上吧！先去第一教學大樓找梯子。」

伴隨著社長像是在說悄悄話似的吆喝，我們氣勢雄壯地從樹影下跑了出去。

在一片闃靜的校園裡，不要說是人影了，就連隻蟲叫聲都聽不到，聽到的只有我們腳踏地向前奔跑的腳步聲而已。我們一行人直衝第一教學大樓。就在我們好不容易推進到工友休息室旁的時候……

「停！」社長突然小聲地說。「有人，先躲起來！」

我們隨即藏身在旁邊櫸樹的大樹蔭下，摒氣凝神。不久，帶著肅殺表情的敵人現身了。由三、四個人所組成的一個團體，消失在黑暗中。我們只能確認到他們的背影。

「看來好像是警衛在巡邏。」

「是喔？我好像有看到堀內伯伯咧。」

「可能是警衛和工友一起出動了吧。」

「好吧，不管怎麼樣，只要不要被抓到就好。好，差不多要走囉！」

我們又再次地從樹影下跑了出來。

接著，就在幾分鐘之後，我們如願地在沒被發現的情況之下，來到了第一教學大樓的一端。這裡正好也有一道迴廊延伸出去，通往組合屋校舍，算是距離太郎松比較近的一個地點。

我們留意了一下四周，並沒有發現警察或警衛的蹤影。我們在建築物的掩護之下稍事休息，接著便馬上找到了梯子。

社長拿出了螢光棒，照亮了第一教學大樓的側面部份。在光暈照亮之下，鋁合金製的梯子，靠在大樓邊，映照著濛濛的銀色光芒。它是一把可以調整長短的梯子，但並沒有什麼特別之處。

社長確認了一下貼在梯子上的銀色貼紙。

「長度可伸縮調整的範圍爲六到十一公尺。那這樣就很夠用了。喂，八橋！」

「來吧！」

八橋學長發出這一聲之後，便把兩手放在梯子上。正如我們所預期的，梯子只有掛在牆面的鉤子上固定住而已。我們緩緩地把它從牆上拿下來，再小心翼翼地放到地面上。

看著這一幕，我突然閃過一個念頭。

「這個梯子還眞的是隨便誰都可以自由使用的呢。」

「喔，嘿啊。所以我們也才這麼方便地就可以查案呀。」

「所以，案發當晚，凶手應該也是可以用這個梯子才對的囉？」

「哦……嘿啊……嗚呃！」

表情僵硬的八橋學長說。我接著又把我單純靈光一閃過去的念頭說了出來：

「如果凶手從中庭把這個梯子架到保健室開著的那扇窗上面的話，那事情會變成怎麼樣呢？凶手就可以在保健室行凶，卻又可以不在地上留下腳印吧？」

「喔，這樣說也對咧。」八橋學長豁然開朗地拍了一下手：

「阿通說的沒錯咧。我安怎沒發現這麼簡單的道理？嘿啊，凶手就是用了這個梯子咩。喂～流司，密室之謎解開了咧！」

「……」

社長不知道爲什麼面向彼端，保持摀著耳朵的姿勢。他是不是想表示「我不想聽」的意思？

「……」八橋學長小聲地嘆了一口氣，說：「他還是不滿意唄。」

「那．當．然．啦！」

社長唐突地握著拳面向我們這邊，肩膀一邊激憤地顫抖著，一邊用強壓低的聲音表現出他的憤怒。

「凶手用了梯子，所以沒有留下腳印。這麼隨興的論調，你以爲有誰會認同呀？就算——就算它是眞的，我也不允許這樣的結論出現！」

「唉，你意氣用事也沒用的啦。現在這裡就是有這樣一個剛好可以拿來犯案的梯子唄！」

「少廢話！你們要是不爽的話，我一個人上！」

社長一個人打算抬起梯子。

「有話好說，不用這麼激動唄。」

八橋學長安慰社長，然後轉向我說：

「安怎，阿通？這次就陪流司任性一次唄？再怎麼說，我想這確實是小松崎老師能從『單擺』這個字眼破解犯案手法的關鍵。而告訴我們這件事情的，不就是阿通你嗎？你有責任要陪我們冒險到最後。對唄？」

「既然八橋學長都這樣說的話，我當然是好，只不過……」我把嘴巴湊到八橋學長的耳邊，小聲地說：「可是太郎松的枝幹上，什麼都不會有喔。」

「我知道啊。只要親眼讓他看到這一點，那就好了咩。這樣流司也會死心唄……好啦！喂～流司，阿通說他也要一起去！」

「謝謝你，阿通～還是你瞭解我啊！」

被感動至極的社長抱得緊緊的我心想：「這樣的冒險還是趁早結束吧。」

六

就這樣，這場深夜的冒險就像什麼事都沒有發生過似的又再繼續下去。兩位學長率先拿了梯子——應該是說，他們不讓我拿。我只能做好心理準備，接下來會留給我的工作只有一個。

我們來到了連結第一教學大樓和組合屋校舍的迴廊中段。我們再怎麼想不惹人注意都很難。帶著梯子移動的我們三個人，就算夜色再怎麼深，還是顯得像鬼一樣醒目。但畢竟到了這步田地，已經沒有路可退了，走到這裡，我們的目的地太郎松也近在眼前，剩下的就只有祈禱中庭附近不要有警察巡邏了。

我們稍微停下了腳步。一邊屈著身體，一邊留意周圍的狀況。

第一教學大樓的這一側並沒有光線；但組合屋校區最裡面的那扇窗裡透出通明燈火，

而那裡正是發生凶殺案的現場。

「果然保健室裡還是有警察駐守。」

社長像是丟出一句話似地說完了之後，卻又表示了非常樂觀的觀點。

「可是，你們看。保健室的門是關著的，窗簾也拉上了。警方的人應該都待在室內，而且是保健室的入口處附近。如果是這樣的話，我們在中庭裡的行動，會引起他們注意力的可能性很低。沒問題的，一定會很順利的。」

「好！那我們就來個正面突破唄！」

「哦！也只能這樣做了！」渾身充滿鬥志的社長，對著我說了一句話：

「阿通，你應該已經做好心理準備了吧！」

「這句話是『你給我爬上梯子去』的意思嗎？」

「是呀。不是你還有誰？」

我小聲地嘆了一口氣。

「我明白了……總之就是爬到梯子上去，查看一下太郎松最上面的狀況再下來就行了吧？」

「是呀。樹的枝或幹上，應該有什麼地方會找到繩索摩擦痕才對。上去給我找一下。好，上吧！」

以社長的這一聲爲信號，我們三個人從迴廊衝到中庭去。中庭裡有四棵松樹並排在一起，不過，這時候最有問題是從迴廊數過去第四棵，也就是矗立在保健室幾乎正面位置，斜著長的那棵太郎松。

手上拿著梯子的社長和八橋學長，比我提早一步跑到了太郎松下面，並且在傾斜的樹幹上架好梯子。

我們將梯子的長度設定爲最短，不過這樣梯子已經輕鬆超過太郎松的最上端，還突出了快一公尺。

「阿通，帶著這個上去！」

社長把螢光棒交給了腳已經跨上梯子的我。的確，如果要查看枝椏的狀態，是需要一點光線。我接下了螢光棒，說：

「請學長扶好梯子，不要讓梯子倒下來了。」

這樣叮囑過之後，我一股作氣爬到梯子上去，成了個站在樹上的人。

我靠著螢光棒的光線，查看了樹幹，以及少得可憐的幾根枝椏。在我手邊的枝椏，表面都非常完整，看起來並沒有繩索擦過的那種不自然的擦痕。

我還想觀察一些離梯子較遠處的枝椏，於是在梯子上輕輕扭曲了一下身體，伸長了脖子，當然也就呈現了一種站不穩的姿勢。就在這一瞬間，有一根枝椏映入了我的眼簾。這根枝椏從樹幹延伸出去，往樹幹的垂直方向橫向發展，約有成人的手腕那麼粗，看起來頗爲結實。以位置上來說，它幾乎是太郎松的枝椏當中位在最高處的一根枝椏。接著，我就注意到在這根枝椏上，有一個顯然是最近才留下的傷口。是一道最近才被東西摩擦過所產生的痕跡。

「哇！找到了！」

我小聲地叫嚷，音量彷彿就像是在自言在語。老實說，對於社長所標榜的「單擺機關」這個說法抱持著懷疑態度的我來說，作夢也沒有想到今天晚上的這趟冒險竟然會有收獲。然而，在這一瞬間，社長的預言竟然奇蹟似地完全成眞了。和社長認識到現在，我曾經有好幾次覺得他這個人「眞猛」！但直到今天，我才第一次認爲他這個人的頭腦「眞厲害」！

我一邊壓抑著激昂的情緒，一邊對這梯子下方小聲地喊：

「找到了喔，社長！找……」

可是，梯子下方已經出現了異狀。我看到在距離很遠的下方，兩位學長已經倉皇失措。兩位學長用飄游的眼神看著我，一邊用手敲著梯子，彷彿就像是在打著「快下來、快下來！」的暗號似的。

「哎~等等，突然叫我下去也未免……」

我心裡一邊急一邊沿著梯子往下走，結果……

「喂！你們幾個，在那種地方做什麼！」

突如其來的怒吼聲，氣氛變得愈發動盪不安，隨後，一道很強的光芒，照向樓梯旁的兩位學長。我想應該是有人衝過來了。

終於形跡敗露了！

兩位學長顫抖著發出「嚇！」的驚呼聲，便從梯子旁鳥獸散。想當然耳，他們的手也因此離開了梯子，而我還在梯子的中段部份掙扎。他們這樣隨便把手放開，我可就慘了。這時，梯子馬上就失去了平衡。

「哇、哇哇～」

原本應該是架在太郎松上面的梯子，這下跟地面完全垂直了。我不假思索地抓緊梯子，結果就在下一秒鐘，

「啊、啊，啊～」

失去依靠的梯子，往太郎松的反方向大幅地倒了過去。

「啊……」

我發出無力的叫聲，和梯子一起背朝後倒向黑暗裡。

七

「哇！」

我被自己的尖叫聲吵醒。這還眞是一個最差勁的起床方式。我睜開眼睛，眼前出現的

是三個令我意外的臉龐。工友堀內伯伯、演藝班的班導師本多和彥，以及當中的一點紅——保健室的眞田醫師。她身上穿的已不是平常會看到的醫師白袍，而是窄筒牛仔褲加上薄的布勞森外套，一派休閒的穿著。這三個人所組成的奇妙組合，一時間讓我不知身在何方，也不知今夕是何夕。

「你還好吧？」堀內伯伯帶著相當擔憂的表情問我。

「哎，嗯，還好。」我硬擠出生硬的笑容，一邊說：

「沒事，我只是稍微作了一個惡夢而已。我夢到我緊抓著梯子，連人帶梯地倒了下去，撞到地面。啊啊，這個夢還眞慘……」

「哦，你不是在作夢喔。」眞田醫師用溫和的聲音說。

「赤坂同學剛剛是眞的緊抓著梯子，連人帶梯地倒了下去，撞到地面上了呢。就在剛剛，就在我們面前。」

「啊……」

原來如此，照理說我現在應該還躺在地面上才對。我背好痛，頭也好痛。我渾身都不對勁，搞不好身受重傷了？我會不會死？不對，我該不會已經死了吧？

「不用擔心，你應該只是頭稍微撞到梯子，有輕微腦震盪而已。你起得來嗎？」

眞田醫師拿出了我跌下來的時候所弄掉的螢光筆診察，接著又輕輕地用手摸了摸我的肩膀。

「哎、嗯，我沒事的……啊，好痛！」

我雖然還可以自己爬起身，不過這時我故意借用了她的手來起身。能讓這樣的美女溫柔伺候的機會，可是絕無僅有的。既然這麼難得，當然就要充分運用一下才值得。

我又再次重新確認了一下自己的身體狀況：伸手摸了一下額頭，發現額頭上腫了一個小小的包。其它似乎沒有什麼太大的外傷。至於沒有撞到後腦勺，應該是我內心沉睡的格鬥家靈魂，瞬間擺出了平常不知在哪裡學會的護身技巧吧。

我環顧四周，這裡是距離太郎松大約三公尺左右的地方。剛才的那把梯子倒在一旁。

「對了，為什麼眞田老師會在這裡呢？還有堀內伯伯和本多老師，怎麼會……」

「為什麼？這應該是我們問你的吧？眞是的。」

本多用很嚴肅的表情質問我。

「現在學校是什麼情況，你應該也很清楚才對吧？學校裡可是連續兩天都發生了那種事情喔！第三天難保不會再發生什麼事情，所以我們教職員也在這裡努力地做夜間的巡邏工作。結果呢，誰知道，我們學校的學生當中，竟然有三個人半夜來學校爬樹？眞是搞不清楚狀況。你們這群少爺，到底是想怎麼樣？」

「對……對不起。那個，其實我們也是有隱情的……」

「哼，所謂的隱情已經聽那兩個人說啦！在玩偵探遊戲是吧？你們還眞是會找這種白癡事來做。」

本多一邊說，一邊用下巴指了指迴廊所在的方向——多摩川社長和八橋學長一臉老實、低著頭站在那裡。不知道爲什麼連石崎也在場，在兩位學長面前，帶著凶惡的表情，看起來像是不時地在冒出幾句責罵的樣子。石崎好像也是夜間巡邏隊的一員。

話說回來，剛才在黑暗中經過我們身邊的，是一個有三、四個人的小團體。原來那是他們這些教職員所組成的巡邏隊呀。

「你看，」堀內伯伯很意外似地望著氣沖沖的石崎，說：

「連平常那麼文靜的石崎老師都那麼生氣，可見事情是非同小可呀。」

「是啊，眞的呢。」眞田老師也訝異地說。

「我這還是第一次看到呢，那個人的那種模樣。」

「應該是眞的很生氣吧？這也難怪啦。」

本多擺出一付通情達理的表情點頭，說：

「你最好也去跟石崎老師道個歉吧。」

不用本多講我也知道。我爲了要對這次惹的麻煩道歉，我急忙跑到石崎身邊。

「老師，不好意思……」

「這可不是說聲不好意思就可以解決的事情了。眞是的……你們還眞是太缺乏自覺了。啊啊，我對你們太失望了啦。我還以爲你們還有一點什麼可取之處哩，眞是令人遺憾。你們還搞不清楚這所學校現在處於什麼樣的處境……對了，赤坂同學，探查結果如何？」

「啊？」

「啊什麼啊呀？」石崎湊到我的臉旁邊，小聲地問：

「你不是有爬到太郎松上面去嗎？結果怎麼樣呢？樹的最上面到底有沒有可疑的摩擦痕跡？快說呀！」

果然不愧是石崎，眞是個怪人。

多摩川社長和八橋學長也用著很緊張的表情望著我。我用很小的聲音，對這三個人說明了樹上的情況。

「我找到了。太郎松最上面的一根枝椏上，確實有一道擦痕，看起來像是最近才弄上去的。」

聽了我的說法之後，大家的反應眞是各異其趣得徹底。

多摩川社長說了句「哼，跟我想的一樣吧」，臉上泛起了勝利者的笑容。

「那一定是單擺的繩索摩擦所產生的痕跡，絕對錯不了。」

八橋學長則是說了一句「眞的假的，眞不敢相信咧。」就陷入了沉默。

最不可思議的是石崎。他一邊喃喃地說著「是喔，果眞有啊？」一邊露出了前所未有的認眞表情。接著，他的視線向下望，一語不發地在迴廊上走來走去，看起來像是在想什麼事情似的。過了幾分鐘之後，不知道是不是整理好了思緒，只見石崎突然抬起頭來，毫不遲疑地走到太郎松樹下。

接著，石崎的舉動看起來越來越令人費解。

首先，他似乎是在確認樹到第一教學大樓之間的距離，一步步謹慎地走著。抵達第一教學大樓之後，他又隨即調轉腳步，走回太郎松所在的地方。直到他開始走第二輪，我才發現石崎此舉背後的含意。

他是在用自己的步伐，測量太郎松到第一教學大樓之間的距離。

「從太郎松到第一教學大樓的距離大約是六公尺。社長，你能不能幫我記錄在個什麼地方上？」

「我知道了，」社長把手放在自己的太陽穴上面，說：「好吧。我沒有筆記本，所以我會在我的腦子裡做記錄。」

「白癡。你的腦哪能當作筆記本呀？一分鐘就給我忘得一乾二淨了。」

「讓我來記錄吧。」

眞田醫師從布魯森外套的口袋裡掏出一本小記事本和筆來準備。

「從太郎松到第一教學大樓的距離是六公尺對吧？」

「沒錯。那麼，接下來……」

石崎抬頭看了看太郎松。

「我想量量這棵太郎松的高度，不過該怎麼量才好呢？嗯……對了，跟梯子比較一下就行了。赤坂同學，這把梯子的高度拿來跟太郎松相比的話，感覺差多少？是比樹頂高還是比樹頂低？」

「梯子高出大約一公尺左右吧。梯子本身的長度是六公尺，所以太郎松的高度大概是五公尺吧。」

眞田醫師在記事本裡寫上了「五」這個字。本多站在眞田醫師身旁，看起來不太高興地歪著頭。

「石崎老師，你在做什麼呢？都這種三更半夜的時候了，不太適合量什麼樹的高度吧？」

「本多老師，可不可以請你等我一下？馬上就好了。」

石崎接著又步測了從太郎松到保健室的距離。

「從太郎松到保健室的距離大概是四公尺，中間還有杜鵑花樹叢。樹叢大概是位在距離保健室一公尺的地方。所以這樣一減下來，從太郎松到杜鵑花樹叢的距離大約是三公尺。眞田醫師，可以麻煩您記一下嗎？」

「嗯，這樣可以嗎？」

眞田醫師把記事本交給石崎。記事本上已經剛才石崎所量出來的數字，和現場的略圖整理在一起了。

「原來如此。這樣很一目瞭然，記錄得非常好。」

石崎點了兩三次頭之後，興味盎然地抬起頭來，說：

「……那就差不多該出發了，本多老師。」

「出發？」本多用不知所措的表情問。「要去哪？」

石崎指著第一教學大樓的入口處回答說：

「當然是要去巡邏呀，本多老師。本來我們不就是在校內巡邏到一半嗎？」

「這麼說也對喔。」

眞田醫師仔細地盯著自己手上的手電筒。「所以我手上才會拿著這種東西……」

她彷彿是這下才發現手電筒的用途似的，打開了它的開關。

「不過，這些傢伙該怎麼辦呢？」

本多指了指我們三個人。

「我稍後開車送他們回去吧。因爲他們這群人呀，就算嘴上說回家，但是人是絕對不會離開的。」

「這個嘛，確實有這個可能。」

總覺得本多是被石崎的這番花言巧語給瞞過去了。

「不過，石崎老師的態度，感覺還蠻唐突的呢。」

眞田醫師很犀利地指了出來。

「喔？是嗎？」石崎先裝瘋賣傻了一下，接著說出了一部分眞心話。

「其實我覺得第一教學大樓的某個地方還有蹊蹺，所以想早點過去確定一下。如果只是我猜錯了的話，那當然也無妨。堀內大哥，您身上有帶鑰匙吧？那我們就走吧。啊！還有你們啊，」

石崎命令了我們這三位社員，說：

「跟著一起來，但不准惹麻煩。」

「好～」

於是我們便很老實地遵照著指導老師的命令行事。

八

於是，這樣的一個冒險之夜，又繼續上演下去，只不過是把舞台轉移到了第一教學大樓。

巡邏隊擴編成合計有七名隊員的大陣仗。以工友堀內打頭陣，加上石崎、本多、眞田，還有多摩川、八橋、赤坂。不分年齡、性別，更跨越了老師和學生之間的立場，組成了一支大團結的精英部隊。而前方，又有什麼樣的考驗在等著他們呢？

我們帶著緊張與不安、興奮與驚恐、任重道遠的使命感和少許的好奇心態，走進了位在第一教學大樓中央的出入口，成功地潛進了大樓的內部。

夜晚已無人跡的學校，比我想像的還要更暗更冷清。然而，這裡也洋溢著某種氣氛，挑逗著我們興起一種不祥的預感。

就在這個時候！奇怪的現象在我們眼前發生了。眞田醫師突然從我們的面前，失去了蹤影。

巡邏隊一陣騷動。

隨即，我們就找到了想要將眞田醫師強行帶進空教室的多摩川社長。眞田醫師平安地被救了出來；而因爲這宗無恥行爲受到責難的多摩川社長，則納入了本多老師的監管範圍。

在這樣的一陣騷動當中，自始自終保持著冷靜的石崎，對一樓的狀況絲毫沒有興趣，便步上了通往二樓的台階。我們誰也沒開口說什麼，就這樣跟在石崎後面。

結果，又發生了一個離奇的現象。

上了二樓之後，眞田老師又從我們面前突然地消失了。

巡邏隊又是一陣騷動。

最後我們找到了把手放在眞田醫師的腰上，想把醫師帶到暗處去的八橋學長。眞田醫師又平安歸來；而因爲搭訕行爲受到責難的八橋學長，則是納入了工友堀內的監管。

面對只想到自己的貪念，而不懂得顧慮場所的兩位學長，我眞的是不知道該說什麼。

「可是，眞田醫師，」

我不禁想給她一句忠告。

「學長們固然有錯，但醫師也有不對的地方——醫師怎麼能就這麼輕易地跟著那兩個人走呢？自我保護做得太鬆散了。」

「在入夜後的校舍裡發生了這麼多事情，我總覺得自己也有點害怕了起來。」

我就像是被她那怯生生的雙眼所帶走似的，下意識地握住了她的手。接著，我用手環抱住她那纖細的背，把她往我身上拉了過來。

「不要緊的，仁美小姐，妳不必擔心，有我在妳身邊喔。」

於是，因爲性騷擾行爲而被責難的我，被納入了石崎的監管範圍。

「我無法接受……」

我很坦白地發出了不平之鳴。我剛才的行爲哪裡是性騷擾了？我只是讓女孩子的身體倚靠一下，是一個很紳士的舉動啊。握個小手有什麼關係？眞田醫師又沒有抗拒。我可不希望被跟學長們混爲一談。

「你們這些人眞的是毫無自覺，毫無身爲一個偵探該有的自覺。我對你們很失望……」

石崎又按照慣例中的慣例，不斷重複地說同樣的話。

儘管我們歷經了這些騷動，但還是很腳踏實地的持續進行著巡邏工作。這時，巡邏隊來到了第一教學大樓的最上層，也就是三樓。剛才對一、二樓的情況，態度上幾乎可以說是漠不關心的石崎，在這裡突然爲之不變。他一邊左右張望著三樓的走廊，一邊在一觸即發的氣氛之下，問了堀內伯伯一個問題。

「在保健室發生凶殺案的那天晚上，三樓也是像這種狀態嗎？」

「嗯，差不多是這樣喔。」

堀內伯伯先這樣回答完之後，又指著廣播視聽室的方向，說：

「不過當天廣播視聽室裡面還有島村老師一個人留在那裡。」

「原來是這樣。這樣的話……」

石崎像是下定決心似地，沿著走廊往廣播視聽室的方向走去。他走過了「一一三〇四」，來到「一一三〇三」廣播視聽室前面。可是，石崎卻沒有在這裡停下腳步，反倒是沿著走廊直衝了過去。最後，石崎在走廊盡頭快到樓梯的地方，停下了腳步。

這裡是廁所。石崎毫不遲疑地走進了男廁。

「嗯?!石崎這傢伙搞什麼嘛？這種時候要上廁所？」

「他就是越緊張越會想去小便的唄。」

就在多摩川社長和八橋學長開著這種玩笑的時候，眞田醫師也稍微舉起了手。

「啊，那我也可以去一下嗎？」

「啊？」

拋下目瞪口呆的男生群，眞田醫師揮著手電筒，走向了女廁。

「哦，她還眞有膽識呀。」本多在這種奇怪的地方表示了他的敬佩之意。「在這種狀況之下，她還眞有辦法去上廁所。一般應該都會覺得害怕或不好意思吧。」

「那我也去一下廁所。」多摩川社長說。

「喂！你給我等等的啦！」八橋學長在女廁前叫住了社長。

「你這個豬頭是想在女廁做什麼咧？少給我來這一套，誰都看得出來你想幹嘛的啦！」

八橋學長施展他最擅長的頭部固定招式制住社長，且不斷地加強力道。社長已經發出了慘叫聲。這兩個人還眞是不管在什麼地方，都靜不下來。

丟下這兩個毫無一絲緊張感的學長，我比較在意的是石崎那邊的狀況。他眞的只是去上廁所而已嗎？我總覺得好像不是。接著，就在這個時候……

「啊——」

這一長聲猶如要劃破黑暗的慘叫，讓我們其它在走廊上等候的人都爲之一顫。

我和堀內伯伯互看了一眼；八橋學長則是鬆開了纏住社長頭部的手臂。本多先出聲大喊：

「是眞田醫師！」

本多就像隻脫兔似地起步奔跑，衝進了女廁裡。當然，我們其他人也緊追在後。

入口附近先看到的是洗手台，我們從這裡經過鉤形的走道向廁所內走去。堀內伯伯那把手電筒的燈光，照亮著這個如鰻魚睡床[19]般的狹窄空間。每一間廁所的門都整齊地開往同一邊。接著，在女廁的最內側，真田醫師蹲在一扇大約半開著的門上。

本多率先衝了過去。

「怎麼了，真田醫師！發生了什麼事嗎？」

「門、門的那一邊……」

真田醫師處於極端的激動狀態，嘴巴開閉著但卻發不出聲音，然後一邊用手指著半開的門。堀內伯伯一邊把手放到門上，一邊說：

「唉呀唉呀，真田醫師，您開錯門啦。這扇門不是那邊的廁所門，只是單純的掃具間啊。我看看我看看……」

堀內伯伯往門裡一看。隨後，從他的口中發出了小小的尖叫聲。他的臉部因爲極端的驚恐而扭曲，手上拿著的手電筒也滾落到地上，發出金屬的聲響。

我撿起了手電筒，股起勇氣往裡一看。

如同堀內伯伯所言，這裡不是一間廁所，而是一個掃具間。裡面有長柄的刷子、刷地板的刷子、塑膠水桶、塑膠水管等等，全都很擁擠而雜亂地放在丟在這裡。如果只有這些東西的話，當然沒有任何問題……

掃具間裡，有一個人蜷成一團躺在地板上。再怎麼看，這個人都像是穿著制服的女

註19：日本京都的傳統町家，多爲門面狹窄且深長的建築，被稱作「鰻魚睡床」。

生。再怎麼看，這個人的姿勢都很不自然，看起來不像是活著的樣子。眼前她的側臉看起來已經是完全沒了生氣。臉頰附近的肌膚，看起來就像是人偶似的。

「屍、屍體……」

我好不容易才說出這幾個字，就已經在門前面氣力放盡地坐下。

其他人陸續過來往門裡仔細一看。眼前驚人的光景，讓大家都啞口無言了。

身後突然有人拍了我的肩膀，我才回過神來。拍我的人，是晚來一步的石崎。

「你們可不可以先讓開一下？」

他用手上的手電筒照看門裡的狀況之後，輕聲地嘆了一口氣。不過，石崎的表情並沒有顯露出太大的震驚，彷彿他早就預期到了這件事情似的。他在這種非常狀態下，表現得異常鎮定。

他大膽地踏進了掃具間，開始近距離地觀察屍體。

「……頸部有些看來像是被繩索勒過的痕跡。這絕對是他殺，錯不了。」

當然，從這句屍體陳屍的狀況來看，這些事情不用石崎多說，已經相當一目瞭然了——完全不像是意外或自殺。

「而且這看起來不像是剛斷氣的屍體喔……本多老師，不好意思，要麻煩您一下。」

被點到名的本多像是突然被雷劈中似地聳了一下肩膀。

「什、什麼事呀，石崎老師？是要叫我做什麼事情嗎？」

「這件事情實在是很難啓齒……我想請您看一下這個女生的臉。因爲我想確認一下死者的身份。」

「爲什麼我要做這種事……」

本多先表現出了抗拒的態度。可是，他突然又像是想起了什麼事情似地，表情不變，嘴裡說著「難不成？應該不會是……」一邊主動擠到屍體旁邊。他蹲在掃具間裡，端詳了幾十秒。

終於從掃具間出來的本多，用著像是自言自語似的虛弱聲音，道出死者的身份。

「她是藤川美佐沒錯。」

九

急忙趕來到案發現場的警方人員，讓現場陷入一片喧鬧。

在法醫驗屍之後，藤川美佐的屍體被警車運離了學校。

我和兩位學長一起接受了警方的偵訊，針對發現屍體當時的情況，據實地回答了警方的問話。

被偵訊一段時間之後才重獲自由的我，在成群的警方人員當中找尋著烏山千歲刑警的身影。因爲我有事想要向她確認清楚。

我好不容易找到千歲小姐的時候，她人正在樓梯的轉角處，不知道交頭接耳地在和石崎說什麼。我隱約聽到「黨羽怎麼樣了？」、「找找看」之類的片段，可是沒有辦法得知確切的談話內容。感覺上好像是石崎在給千歲小姐什麼建議的樣子。看起來像是這樣沒錯，可是……

不知道石崎是不是把話說完了，總之他終於起身，從千歲小姐的面前離去。

「咦？赤坂同學，有什麼事嗎？偵訊結束了嗎？」

「嗯，結束了。剛才妳在和石崎老師說話對吧？你們在聊什麼？」

「沒什麼，隨便聊聊而已。」

千歲小姐聳了聳肩，閃避了我的問題。

「對了，你找我有什麼事情嗎？」

「啊，對喔。我有事情想問妳。」

我隨即就問了她一個問題。

「藤川美佐是什麼時候遇害的？」

「喔，原來是這件事呀。」

千歲小姐低聲地告訴我：

「法醫說她的屍體，已經是死後過了整整兩天的狀態了呢。這代表著什麼意思，你應該了解吧，赤坂同學？」

「整整兩天！也就是說……」

根本不用再扳手指一個個計算了。

藤川美佐是和田所健二同一晚遇害的。

第四章　解謎的第四天

一

隔天，剛好是二十三號星期六，學校放假。

再說，就算不是假日，恐怕學校應該也不會上課才對。當紅偶像藤川美佐的死，帶給社會的衝擊程度非同小可。想必會有很多跑影劇線的記者、電視台的人員跑到學校去，造成學校一片混亂吧。校方人員對於這個來得正是時候的星期六，應該是覺得鬆了一口氣才對。

而我呢，從一早就抱著一種彷彿是和自己八竿子打不著似的態度，看著報紙和電視上在報導藤川美佐遭人殺害的新聞——即便它其實是一件就發生在我身邊的刑案。我會有這種隔岸觀火的印象，一定是因爲我還沒有完全咀嚼消化完昨天所發生的事情。

藤川美佐被殺了。而且她遇害的時間點，和田所被殺的案子一樣，都發生在五月二十號晚上。也就是說，當天晚上，鯉之窪學園連續發生了兩件命案。可是，即便有這樣的共通點，這兩起命案一件是發生在組合屋校舍，一件是發生在第一教學大樓。

一件是在保健室，另一件是在廁所。
一個是刺殺，一個是勒斃。
一個是偷拍狗仔，一個是偶像明星。
我實在是搞不懂，這兩起命案都是同一個人所犯下的嗎？
就在我思考著這件事情的時候，多摩川社長打來一通緊急的聯絡電話。話筒的彼端，社長顯得興奮到有點異常。
「我是還搞不清楚這是什麼狀況啦，」社長先慎重其事地說完這句話之後，才開始說出他打電話來的目的。
「八橋呢，就是那個八橋京介，也就是我們偵探社旗下的那個謎樣的關西人，他呀……」
「怎、怎麼了？八橋學長怎麼了嗎？啊，該不會是……」
我說出了我內心不祥的預感。
「該不會是在密室被殺了吧？」
「不是，正好相反。剛才石崎跟我聯絡說，八橋好像說他自己解開密室之謎了。」
「八橋學長解開密室之謎？啊啊，對了……」
我想起昨天晚上八橋學長在「河馬屋」的時候，表現出很詭異的態度。追問之下，他也只說「突然稍微靈光一現」而已，沒再多做說明。果然，那時候八橋學長就已經掌握破解密室之謎的線索了。如果不是這樣的話，就沒有辦法解釋他爲什麼會有那種不自然的態度。

「不過話說回來，所謂的密室之謎有兩個：一個是保健室的，一個是小松崎老師的。八橋學長解開的是哪一個呢？」

「好像聽說是小松崎老師的那一個喔。」

話筒彼端傳來社長的嘆息聲。

「總之，就是這樣。所以，阿通你現在馬上就到小松崎老師住的那幢公寓『小枝莊』集合。八橋那個傢伙，自以爲是名偵探，說要在那裡現場表演密室的機關。反正他那個人湊巧想到的機關，一定不是什麼了不起的東西啦。不過他再怎麼樣也算是我們的兄弟，應該也是要看他表演到最後吧。」

「我瞭解了。我馬上過去。」

我匆忙地換完衣服，出發前往「小枝莊」。

途中，我一直在腦海裡試想接下來八橋學長所要表演的機關。可是到最後，我再怎麼樣還是想不出個名堂來。雖然我覺得，只要是八橋學長抽絲剝繭破解出來的機關，應該多少會比社長想的東西來得好一些才對。

二

「唷，你來啦。」

多摩川社長輕輕地舉起右手，在「小枝莊」公寓的前面迎接我。

「八橋看起來很有信心的樣子喔！不過，我倒是很擔心究竟有沒有問題。」

社長的態度似乎是有點半信半疑的。

「是呀，我們有辦法進到這間公寓的房子裡去嗎？這裡可是命案現場喔。想進去應該沒有那麼簡單吧。」

「這一點倒是沒問題，這次我們有做過特別的準備了。」

社長打開了小松崎律子家玄關的門，便像是在趕人似地，把我帶進到室內去。

玄關左邊的廚房，還有更後面的客廳裡，都看不到人影。我們沿著走廊走到底右轉，再走進臥室的門，就看到石崎和八橋學長，以及烏山千歲刑警等人已經在臥室裡了。看來所謂有做過「特別的準備」，指的應該就是這位女刑警。至於她爲什麼會來，我可以很容易就猜想到，是應石崎之邀而前來的。

狹窄的臥房裡擠了五個人，幾乎已經是呈現客滿的狀態了。

「八橋學長，到底是怎麼一回事呢？你已經知道殺害小松崎老師的凶手了嗎？」

「不，我搞懂的不是這個部分咧。」

他一邊輕揮右手，一邊回答。而在他旁邊的石崎，則是用滿心期待的口吻說：

「八橋同學說他破解了密室殺人之謎。他好像是有什麼秘密武器的樣子。」

話一說完，千歲小姐就反擊說：

「嘿，小松崎律子的死，並沒有確定就是密室殺人喔。因爲她自殺的可能性還沒有完全排除。」

「都已經到了這種時候了，妳還在嘴硬呀？拜託喔，要是妳可以用『小松崎律子眞凶論』來解釋藤川美佐命案的話，那我倒是願聞其詳。」

「這個部分確實是如石崎學長所說。」

千歲小姐帶著些許的不甘心，但還是同意了石崎的說法。接著，千歲小姐又轉向這次重點的八橋學長，像是再次叮嚀他似的說：

「你的機關眞的是值得拿出來實驗的吧？如果只是個無聊的機關，我要你道歉喔。因爲我可是很忙的。」

千歲小姐緊盯著八橋學長。她眼神鋒利的程度，足以讓膽小的男生嚇得發抖。可是，學長卻顯得一派輕鬆的表情。

反倒是社長和我在瞎操心。

「喂，八橋，刑警小姐是認眞的喔。你眞的沒問題嗎？」

「對呀，八橋學長，你要不要趁現在先道歉比較好？」

「你們吃錯藥啦？哪有人要進行之前先道歉的咧？哎呀，包在我身上啦。我已經知道凶手的葫蘆裡賣什麼藥了啦。流司和阿通，你們就只要乖乖地聽我說明，順便說兩聲『喔～』『嗯～』就好了唄。」

「喔～」我說。

「嗯～」社長說。

這樣眞的好嗎？我內心不禁還是感到憂心。

八橋學長無視於我們的擔憂，走到了臥房的中央附近。接著非常饒富興味地說：

「首先，我想重新整理一下發現屍體時的情況。」

這句話帶給我相當大的震撼。「我想」？不是說「我想咧」，而是說「我想」！嗯～八橋學長這下可能是認眞地要來解謎了。

「小松崎老師的遺體被發現的時候，這間屋子是處於什麼樣的狀態呢？首先看到客廳。老師的喉部被剃刀猛割，陳屍在沙發旁邊，附近血流成河，而鋁窗的半月鎖是從屋裡鎖上的；接下來是廚房。這裡的窗戶不是鋁窗，但是窗上的插梢鎖也是從屋內鎖上的，凶手無法進出。爐子上放著一個笛音壺，看起來死者在臨死前有使用過；再看到浴室、洗手間、廁所的這個部分。廁所裡沒有窗戶，浴室裡的窗戶也是緊閉著的。唯一沒有上鎖的是洗手間的窗戶。只不過，這扇窗雖然可以打得開，但是窗外有加裝防盜用的鐵窗。鐵窗柵欄一道和一道之間的間距非常窄，不要說是人了，連老鼠應該都過不去；最後就是這間臥房了。臥房裡的所有鋁窗都是從屋內上了鎖的，可是不知道為什麼，在梳妝台的圓椅上放著一把鑰匙，它是這間屋子門口玄關的鑰匙。啊，刑警小姐，可以把那把鑰匙借給我一下嗎？」

八橋學長從千歲小姐手上接下了這把有問題的鑰匙。

「各位可以看到，鑰匙上有一個看起來手腕可以穿得過去的環狀鎖鏈，上面掛著一個小小的鈴鐺。是一把沒有什麼特殊之處，到處都可以找得到的鑰匙。然後……」

八橋學長志得意滿地把眼神望向觀眾。

「簡單來說，讓這間屋子變得像是個密室的，就是這把鑰匙。如果這把鑰匙不在室內的話，那麼我們或許會認為是有人殺害被害人之後，再把門口玄關的鎖鎖上，並且帶走了鑰匙。又或者是如果這把鑰匙掉在洗手間的話，我們也可以認定凶手是在鎖上門口玄關的鑰匙之後，打開了洗手間的窗戶，把鑰匙從鐵窗柵欄和柵欄間的縫隙當中丟進來。然而，這把鑰匙不知道為什麼偏偏不在洗手間也不在浴室，就是出現在臥室裡，而且最要不得的是它出現在『梳妝台的圓椅上』這個尷尬的位置。因此，只要我們想不出把鑰匙放在臥室圓椅上的方法，這間屋子就是一個密室。所以，死在密室當中的小松崎老師，就只能以自殺這個結論收場。對吧，刑警小姐？」

「是的。」

千歲小姐像是在假裝鎮定似地，用很壓抑的聲音說。

「這麼說來，你想表達的是你已經知道凶手用鑰匙鎖上門口玄關之後，再把鑰匙放到臥室圓椅上的方法囉？」

「當然。正是如此。」

八橋學長相當自鳴得意地用力點頭。

我很坦白地向社長吐露了我的感想。

「今天的八橋學長，好像有點不一樣耶。」

「嗯，我也有同感。至少他說了標準的國語，看起來一副很了不起的樣子。不過，他眞的沒問題嗎？那麼裝腔作勢，等一下他要是糗到無地自容的話，我可不管喔。」

話才剛說完，不知道八橋學長是不是聽到我們的這段對話，向我們這邊瞥了一眼。

「哎呀，總之你們就先閉嘴，看就對了唄。老實說我也還不知道會不會成功咧。」

「……」這是怎麼回事？

八橋學長丟下了這句令人更爲他擔心的話，就掉頭走開了。接著他打開了臥室的門，探出半個身子到走廊上，又回過頭來說：

「啊，請各位留在原地，等一下我會一個人操作。聽清楚了嗎？請各位絕對不要離開這個房間喔。可以嗎？就算各位很想知道我在做什麼，也請千萬不要偷看。了唄？流司、阿通，絕對不要偷瞄喔！」

八橋學長很嚴格地叮囑過後，便離開了臥室。

「八橋這個豬頭是怎樣？他是打算要偷偷織布嗎？」

「怎麼可能？他又不是鶴。」

「嗯，八橋同學就算是鶴，他也不是會報恩的那種。」

「你們到底是在講什麼啦。」

被留在臥室裡的四個人，七嘴八舌地隨便言不及義了一下。

然而，不久之後，四下又恢復了一片寂靜。不管嘴上再怎麼說，大家還是想在意八橋學長的行動。大家都想知道他在哪裡做什麼，但他已經交待大家不能離開這個房間了。至少側耳聽聽他有什麼動靜吧？可是卻又聽不到任何異常的聲音。

這時，門口玄關處響起了「吱～啪塌～」的開關門聲。他好像是故意粗魯地發出這麼大的聲響，好引起我們四個人注意似的。接著，又響起了「咖擦」的鎖門聲。八橋學長似乎是走到玄關大門外去，從外面把門鎖上了。就像是案發當天，凶手也做了同樣的事情似的……。

「問題是，被凶手帶出去的鑰匙，到底要怎麼再弄回臥室裡來。」

「嗯，不太可能吧。」社長歪著頭說，「如果是利用針線來做一些加工之類的手法的話，倒也不是不能想像。可是那個傢伙明明就連那種加工都沒做就走掉啦。」

「的確，八橋學長什麼也沒做，空著手就走出房間去了。」

「不，他可不是空著手的喔。」石崎說。

「他好像把某個小道具藏在衣服的口袋裡了。因爲他剛才一直很注意那個口袋。」

「嗯～你看得還眞仔細呢。」千歲小姐說得一副很佩服的樣子。「不過，他拿的是什麼小道具呢？能讓鑰匙長翅膀的道具？」

「鑰匙會長翅膀嗎？不過，確實如果不長翅膀的話，很難想像跑到屋外去的鑰匙要怎麼再飛回到這個臥室裡來。他是想放鳥飛進來嗎？」

社長隨即否定了石崎的突發奇想。

「鐵窗的柵欄間隔眞的很窄，窄到大概連老鼠都進不來吧？」

「那小鳥應該也進不來吧。這樣的話，那就眞的沒有辦法可想了。沒輒啦，看來只好期待八橋同學的好點子了。」

就在石崎放棄自己努力揣測的同時，屋外響起了八橋學長宏亮的聲音。

「各位～準備好了嗎？要來囉～」

聲音聽起來是從洗手間的方向傳來的。看來八橋學長似乎還是打算要利用洗手間裡的窗戶。

社長大聲地回應說：

「喂，八橋，隨你想怎樣就怎樣！」

正當我心裡在猜想八橋學長聽了社長說的話之後，是不是回了一聲「看我的」的時候，下一秒鐘，學長不知道爲什麼突然唱起歌來了。而且，他唱的歌竟然是……

「六甲～的落山～風～意氣風～發～」

「……」多摩川社長啞口無言了半晌，用很丟臉的聲音小聲地叫我。

「喂，阿通。」

「是。」

「那是什麼東西呀？」

「什麼東西？那應該是社長也非常耳熟能詳的『六甲颪』[20]吧。」

「這個我當然知道。我要問的是爲什麼我們得要在命案現場聽八橋唱『六甲颪』啦。再說，他又不是阪神的球迷，他可是阪急的球迷喔。」

「阪急的球迷應該也會唱『六甲颪』吧。」

「話是沒錯……重點不是這個吧！」

就在諸多疑問尙待釐清的情況下，八橋學長的『六甲颪』終於唱到尾聲了。

「喔～喔～喔～喔！阪～神～TIGERS～衝～衝、衝、衝～」

接著，八橋學長說了一聲「就是現在」，然後就聽到很惱人的笛音「嗶～」地響起，而且它好像還邊發出聲響邊左搖右晃，越來越接近這裡。究竟是什麼東西！

姑且不管我們的疑問，笛音已經又更逼近我們這裡了。最後，那個吵鬧的東西終於穿

註20：六甲颪是日本職棒阪神隊的隊歌。颪為和製漢字，念作ㄍㄨㄚ。

過了半掩著的門，衝進了我們所在的臥室裡。當我親眼看到發出笛音的東西時，我忍不住驚呼了一聲。

「火箭汽球！」

原來那個從空中搖搖晃晃地飛過來的物體，正是阪神虎球迷在進行「六甲颪」大合唱的同時，會一起放到天上去的火箭汽球。

而且它還不是一個普通的火箭汽球。

在汽球的中段部分，可以看得到有一個凹陷下去的地方。好像有一個環狀的東西綁在汽球的中央處。仔細一看，可以發現那個環狀的東西是綁在鑰匙上面的那一條鎖鏈。環狀的鎖鏈綁在火箭汽球的球體上，看起來就像是女生在腰際繫緊著皮帶似的。鎖鍊就這樣和汽球一起飄在空中，當然鎖鍊上的鑰匙也在空中飛著。

鑰匙有如是插上了火箭汽球這雙翅膀似的，就這樣飛進了臥室裡面來。

接著，就在我以爲火箭汽球會像在做垂死掙扎似的，發出更大的笛音時，汽球竟是在空中打轉了兩三次，就掉落在房間幾近中央處的地板上。

鎖鍊上綁著的那個小鈴鐺，掉落在地上，發出了「叮噹」的聲響。

釋放完所有空氣的火箭汽球，就像是一條細細的橡膠繩似地，和鑰匙一起掉落在地面上。待在臥室裡的四個人，全都把目光投注在那個沒了氣的汽球上。

「……然後，會怎麼樣？」

於是，沒了氣的汽球就像是要回答社長的疑問似的，開始慢慢動了起來。

「汽球在動耶！它怎麼了？」

仔細一瞧，可以看到汽球上面還有一些加工。在火箭汽球口的地方，原本就有塑膠製的白色鳴笛，但在這個鳴笛上還捲著一條細細的線，一直延伸到走廊上去。汽球受到線的牽引，所以才會慢慢地移動。汽球一動，綁在汽球上的鎖鍊就自然地脫落了下來，最後汽球就在線的牽引之下，輕巧地移動到走廊去了。只留下串在鎖鍊上的鑰匙還留在臥室裡。

「我們追！」

石崎登高一呼，我們一群人跟上去追沒氣汽球的去向。該說是一如預期嗎？汽球在線的牽引之下，在走廊前進了一小段路之後，就突然轉往了洗手間去。

這時，洗手間的窗戶已經是開著的。窗外，夾在鐵窗柵欄縫隙之間的，是八橋學長認真捲著線的表情。

八橋學長把所有的線都捲回來，把沒了氣的汽球收回來之後，用很擔心的表情，向我們詢問整個過程是否順利。

「怎樣咧？流司、阿通，有順利嗎？」

我和社長照著先前八橋學長所言點了頭，說：

「喔！」

「嗯！」

三

「我說你們呀，這就是你們對待一個破解密室機關的名偵探該有的態度嗎？對了，我知道了，你們是在嫉妒我破解了密室之謎，對唄？你們呀，說穿了就是只有那種程度的人啦。你們是不會懂得要對名偵探表示敬意的啦。啊，名偵探總是孤獨的吶……」

八橋學長請我們從屋裡幫他打開玄關的大門之後，便喃喃地一邊發著牢騷，一邊走回到了屋裡來。

「哼，你白痴呀？誰要嫉妒你呀？」

社長逞強裝作一副若無其事的樣子，迎接八橋學長進屋。

「說穿了，你也只是剛好昨天晚上在『河馬屋』看到電視上轉播的棒球，剛好那時候播是大家把火箭汽球送上天際的畫面，你看了之後，就想到這個機關，就這樣而已。剛好當時轉播的是阪神在第七局的進攻，所以才被你矇到了而已嘛。」

「嘿啊，這是貨眞價實的LUCKY SEVEN[21]。」

「哼，那才不叫推理咧。」

註21：幸運的第七局，原爲棒球術語，被用來形容局勢的逆轉。

社長很不爽地說。我想他應該是在嫉妒八橋學長解開密室之謎了吧。

的確也有社長所說的運氣成分在內。剛巧那天電視上轉播的是阪神在七局的進攻，所以加油團才會施放火箭汽球。如果那天輪到的是巨人隊進攻，那就不會放火箭汽球，頂多只是甩甩橘色毛巾而已。這樣一來，八橋學長包準只會傻傻地專心吃好吃燒，不會從轉播當中得到破解機關的線索了。

不過，光是能夠想到用火箭汽球來當作推進力這一點，就還是應該要對八橋學長的推理能力給予肯定才對。

「鑰匙從空中飛進臥室這一點我瞭解。可是，凶手要怎麼指揮火箭汽球飛到臥室去？洗手間的窗戶和臥室又沒有連成一直線。」

「這個簡單。」

八橋學長又變回用標準國語說明。

「在犯案之後，凶手讓洗手間、客廳，以及臥室等三個地方的門都半開著——我想應該每個門應該都是呈四十五度角的狀態——，然後穿過玄關到屋外去。凶手在鎖上玄關大門的鎖之後，便隨即來到了洗手間的窗戶外面。由於這附近是個能夠掩人耳目的空間，所以凶手應該可以輕鬆愉快地就完成所有的工作才對。凶手在這裡吹了汽球，可是，吹膨的氣球是沒有辦法通過鐵窗柵欄的縫隙的。這時，凶手先讓沒有氣的汽球從柵欄縫穿過去，使吹嘴的部分留在鐵窗外面，汽球球體和帶鎖鍊的鑰匙放在鐵窗外面，然

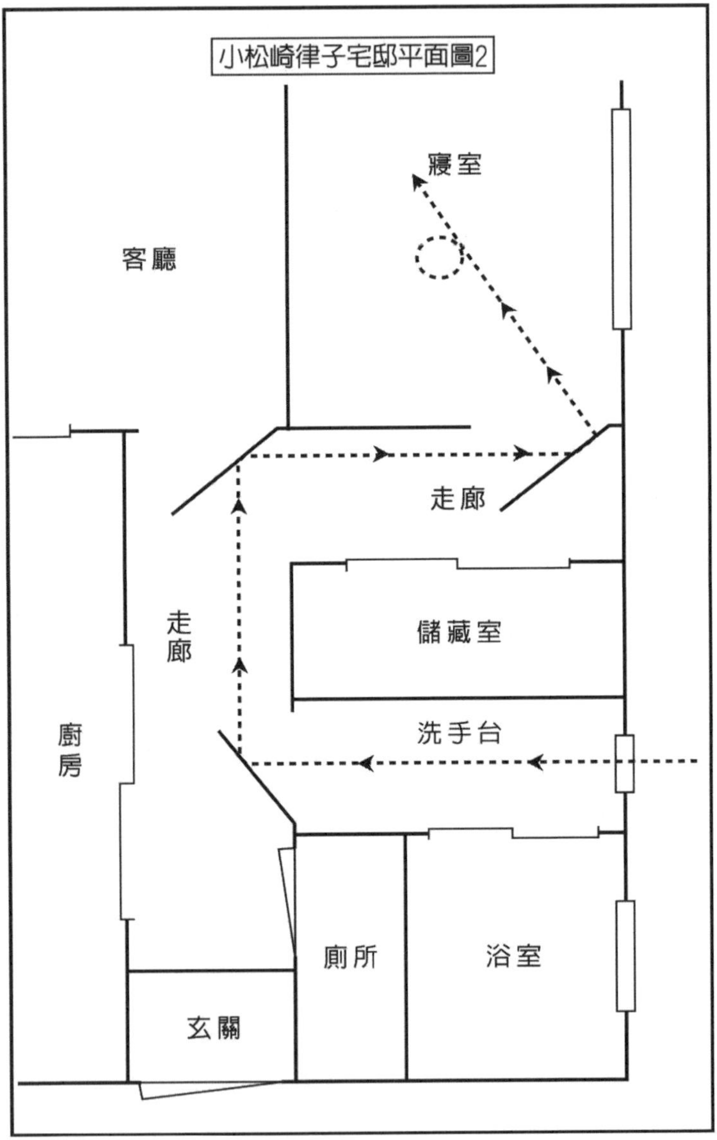
小松崎律子宅邸平面圖2
寢室
客廳
走廊
走廊
儲藏室
洗手台
廚房
廁所
浴室
玄關

後把汽球吹起來。凶手把汽球吹到接近極限的時候，再小心地鬆開手放掉。汽球會先往前進，然後馬上就會碰到斜開著的門，使得汽球的行進路線轉偏右。接著汽球會沿著走廊往客廳前進，這樣就會撞上客廳的門，使得汽球的行進方向再往右偏轉。再往前進之後，汽球就會撞上臥室的門，這回汽球會因爲碰撞轉往左，最後飛進臥室裡去。」

可是，千歲小姐這時卻像個現實主義者似地，提出了反對意見。

「就你的說明聽起來，還算是滿像一回事的。可是，實際上眞的會那麼順利嗎？汽球必需撞上半開的門以改變行進路線的地方有三處，但也大有可能錯過這三個地點直接飛過去，因爲斜開著的門板，很難完全擋在汽球的行進路線上。例如說飛過來的汽球如果沒有撞到客廳門的話，它就會從門板旁邊飛過去，而直接飛進客廳裡去——這樣的狀況應該也有可能會發生吧。」

「的確這也有可能。不過，到時候就見招拆招即可。這樣的話，鑰匙就不是在臥室，而是會在客廳的某處被發現吧。」

「嗯……等一下。」社長插進來問了一個問題。

「八橋，你現在的意思是說，鑰匙即便是在客廳被發現也無妨，對吧？確實是如此沒錯。如果要讓案發現場僞裝成一個密室的話，鑰匙確實出現在客廳或臥室都無妨。那麼，爲什麼凶手一定要讓汽球飛到臥室呢？讓火箭汽球飛到客廳，要比飛到臥室來得簡單多了吧？」

八橋學長一如平常地用關西腔回答社長的問題。

「可是，這樣反而太簡單，機關的效果也會隨之降低唄？鑰匙出現在客廳也還算不壞，但還是出現在臥室比較理想唄。此外，我想咧，凶手應該還有一點顧慮。」

「是什麼？」

「客廳裡有小松崎老師的屍體唄？」

「廢話，她是被凶手親手殺害的呀。」

「不過，當時屍體還汩汩地在流著血，四週都已經血流成河了唄。」

「嗯，是沒錯。」

「假設綁著鑰匙的火箭汽球就這樣飛進客廳來好了啦。這個汽球會落在客廳裡的哪一個位置上，其實凶手應該是無法預期的才對唄。搞不好汽球會掉在屍體旁邊的一片血泊當中也說不定。這樣一來，汽球上面就會沾滿血了唄。凶手即便想要拉線把汽球收回來，汽球拖行的地方就會留下血跡，也就是會沿著客廳到走廊、走廊到洗手間拉出一道血痕。這對凶手來說，當然是想要儘可能避免的一個狀況才對唄。當然汽球落在客廳內其它位置的可能性，遠比落在屍體旁邊的機會要高得多，所以凶手也可以不管這個問題，就想辦法讓汽球飛到客廳裡去啦。」

「原來如此，可是凶手還是很介意這一點。所以結論就是他選擇了引導汽球飛到臥室，而不是客廳。也因此，凶手把三道門斜開，當作三個緩衝墊。最後汽球也照凶手所安排的路線衝進了臥室，對嗎？」

「就是這樣了啦。」八橋學長的臉上浮現出很滿意的笑容。

我也不禁拍了一下手。

「這樣說來，我們發現屍體的時候，客廳和臥室的門確實是呈現一個半開不關的狀態沒錯。嗯，不過，八橋學長，我記得當時洗手間的門應該是關著的喔。」

「嘿啊，的確當時只有洗手間的門是關著的。不過，只要利用一下洗手間的窗戶，應該可以很輕鬆地就把這一道門關上才對唄。凶手只要在開著的門把上面綁上線，線的另一端丟到窗外去的話，後面就只要從窗外拉這條線就行了……這裡就只要用這種誰都想得到的方法來處理就綽綽有餘了。簡單來說，凶手就是只把自己關得到的門關上而已唄。」

「這些都是爲了要讓別人不要識破他的機關，所做的動作吧。那麼，那個東西也是囉？廚房的笛音壺。」

「嘿呀，那個應該是拿來掩護火箭汽球笛音用的東西吧。不過我倒是不清楚這個笛音壺究竟是原本這個屋子裡面就有的東西呢，還是凶手刻意帶來的？至少這麼招搖地把這個笛音壺放在爐子上的，一定是凶手本人。也就是因爲有這個笛音壺在這裡，所以當隔壁老伯的證詞指出有聽到笛音壺的聲音，也不會有人覺得這段證詞有任何可疑之處，原因就在這裡啦。凶手應該是連這種小地方都考慮進去了唄。」

「那麼，在客廳找到的那台田所健二所有的數位相機，也是眞凶爲了想嫁禍給小松崎老師，所擺出來的小道具囉？」

「當然，這應該也是在凶手計畫之內的唄。」

「可是，就算凶手的計劃再周全，」

千歲小姐像是在自言自語似地說。

「凶手無法預期到綁著鑰匙的汽球，究竟會掉到臥室的哪個位置。換句話說，那把鑰匙會在梳妝台前的圓椅上被發現，簡單來說——」

千歲小姐就像是要找人回答這個問題似地四處張望。

石崎「咳」地清了一下喉嚨，回答說：

「只是偶然。我想應該不是刻意算計之下的結果。」

「……」

千歲小姐像是欲言又止似地動著嘴唇，但好像又遲遲找不到合適的字眼。

就在這個時候，她的手機響了。她走到屋內的角落去接了這通電話，簡短地講了幾句之後，便轉向我們，發表了一段相當重要的談話。

「剛剛祖師之谷警部來電聯絡我，說已經逮捕到嫌犯了喔。嚴格來說應該還算是處於要求嫌犯主動到案說明的階段。不過，這次應該是沒問題了，我們有掌握到目擊證人所提供的證詞，所以應該算是八九不離十了。謝囉，石崎學長，這次多虧有你幫忙。」

「沒什麼，別客氣。我只是把我當場想到的事情講出來而已。」

千歲小姐很誠懇地向石崎表示謝意，而石崎卻只是淡淡地點了一下頭。我們三個高中生當然都還搞不清楚這是什麼狀況。

只不過，我們都感受到，整個案情似乎是急轉直下地被迅速偵破了。

千歲小姐看到我們三個人一臉狐疑，連忙說：

「不好意思，我現在沒有時間向你們仔細說明清楚，石崎學長很清楚整個案情的眞相，你們就問他吧。」

四

烏山刑警就這樣離開了現場，趕往國分寺警署。據她表示，接下來馬上就要對嫌犯展開偵訊。可是，她對關鍵的凶嫌姓名，卻隻字未提。最後，我們似乎也只能如她所言，向石崎詢問案情的眞相。

石崎把我們三個人帶到了學校旁邊的咖啡店。這家店名叫「千年木」，據說是石崎常來的一家店。店裡沒什麼客人，在吧台裡的是一點也不親切的老闆。然而，隨處可見的觀葉植物，每株都照顧得相當仔細，葉片都鮮綠照人。

我們佔據了店裡最內側的四人桌。等了許久，我們點的飲料才上齊。石崎掏出了一根香煙叼在嘴上，點上了火，香煙的煙圈緩緩地從他的嘴角被吐了出來。至此，似乎才算是將破解謎團的舞台完全準備妥當了。

多摩川社長像是已經等不及似的，說：

「差不多可以請您開始說明了吧？」

石崎這才不慌不忙地開口說：

「在說明結論——也就是眞凶是誰之前，我想先從解開保健室的密室之謎開始談起。你們同意吧？」

「這點我們當然是同意的啦。與其要讓我突然就聽到凶手的名字，還不如先從這裡開始咧。」

多摩川社長也一邊點頭稱是，

「嗯，在密室殺人事件當中，往往在解開密室之謎的同時，凶手也會隨之眞相大白。而這次的密室，恐怕也是如此吧，老師？」

「多摩川同學說的一點也沒錯。確實，這次的案情，可以說就是這種形態的一個典型。」

「那個……」我想先確認一下自己一直耿耿於懷的點。「保健室這個密室的解答，其實只不過是凶手把梯子架在保健室的窗戶上，然後用它在兩處之間往返而已，對吧？」

「如果單就『凶手要在不留腳印的情況下進出保健室』這一點來看，它或許會是一種可行的做法。然而，這樣的做法只不過是在解開密室之謎，並沒有讓案情當中的諸多疑點獲得解釋。為什麼偷拍狗仔會被殺？為什麼要選在保健室？為什麼會從被害人正面刺殺他的胸口？為什麼藤川美佐會在同一個晚上遇害？為什麼她的屍體會在第一教學大樓的廁所被發現……？保健室密室之謎的答案，必需要是一個能夠解釋這諸多疑點的答案才行。」

是的，正是如此。如果設想凶手把梯子架在保健室的窗戶上，然後在兩處之間往返的話，並沒有辦法偵破這整件案子，反而會徒增「爲什麼他要這樣做？」之類的新疑點。梯子的出現並不能爲密室之謎帶來眞正的解答。因此，我在心裡把「梯子」給丟掉了。

石崎拿起手邊的咖啡杯，啜了一口，又繼續說下去。

「然而，這裡或許我們可以找到一個破解密室之謎的線索——小松崎老師在死前向赤坂同學說過的那個關鍵字，也就是『單擺』。小松崎老師似乎是從久保老師所說的那段鬼故事所當中出現的『單擺』這個字，突然連想到了什麼。簡單來說，就是突然想通整件事情了。可是，對於自己所想到的這些事情，她卻在還沒有明確說出口的情況之下，就離開了人世。她的死，當然不是自殺。我想小松崎老師恐怕是比我們都要早先一步找到了案情的眞相吧，但這件事卻被凶手知道了，結果導致她不幸被凶手殺人滅口。我想這樣的猜想是很合理的。正因如此，她唯一留下的『單擺』這個線索，就更形重要，更有充分探討的必要了。」

石崎像是要給我們一點時間思考似地，啜飲了一口咖啡之後，分別看了我們三個人一眼。

「究竟『單擺』的背後代表的涵意是什麼呢？這是一個很困難的問題。起初我從赤坂同學口中聽到這個字眼的當下，浮現在我腦海裡的其實是地球科學實驗當中相當爲人所熟知的『傅科擺』。這完全無法派上用場。」

「確實是完全派不上用場。」

「完全不行啦。」

兩位學長是對於別人犯的錯，毫不留情地批判的那種人。

就算是石崎這樣的老師，此時也難免露出了些許不愉快的表情，說：

「不過，我看你們聽到這個字眼的反應，也不比我高明到哪裡去。例如說赤坂同學，」

石崎指了我一下。我嚇了一跳，趕緊把背挺直。

「你聽到『單擺』這個字的時候，最先想到的是『古老的大鐘』——簡單來說就是聯想到『掛鐘』了。對吧？」

「沒、沒錯——我確實是想到了掛鐘。」

「再來是八橋同學，」

八橋學長自己用手指著自己，歪著頭說了句「我？」

「你從『單擺』聯想到的是鈴木一朗的鐘擺打法吧？」

「是的。」

「接著多摩川同學就拿出了本格推理主義者的風範，在大家面前暢談了一段『用單擺讓屍體移動的機關』，沒錯吧？」

「嗯，一點也沒錯。對了對了，當時櫻井梓是不是還對我讚賞有加？」

當時沒有任何人讚賞社長。特別是學生會長，對社長的這個機關抱持的應該是否定的態度才對——沒想到從社長的眼裡竟然看不出這一點呀？這先姑且不管……

「簡單來說，到目前爲止大家想到的『單擺』，都還不是正確答案囉？」

針對我的這個問題，石崎回答了一句「是的」。

「是的，到目前爲止大家想到的，都是『單擺』沒錯，但很可惜的是，我想『掛鐘』或『鐘擺打法』應該都沒有辦法爲我們打開密室的門鎖。至於『用單擺讓屍體移動的機關』，在條件都具備的情況下，是有可能成立的，不過至少它應該不適用於這次的密室吧？因此可以說是不值一提……」

多摩川社長的身體從椅子上一滑，便跌落到地上。我想這應該是在回應「不值一提」這個超尖銳的批判吧？八橋學長急忙把社長的身體拉回到椅子上。

「哈、哈哈」社長發出幾聲乾笑，並且重新回到位子上坐好，一邊說：

「……哈、哈哈，可以先暫停一下嗎，石崎老師？」

社長強作鎮定，喝了一口咖啡，說：

「可是，根據我們昨天晚上確認的結果，發現太郎松最頂端的枝幹上確實有看起來像是『單擺』的繩子所留下來的摩擦痕喔。這一點我想應該是個不容忽視的現實吧？」

「當然。我沒有打算要忽視它呀。」

石崎說完，又掃了所有人一眼。

「不過，這裡我希望你們能夠注意一件事情——我們都會在不知不覺當中，從我們自己的立場去想事情。我一聽到『單擺』就聯想到『傅科擺』，那是因爲我的身分是高中理化老師；赤坂同學會想到『古老的大鐘』，或許是因爲對他而言，這是一首耳熟能詳的名曲；八橋同學會聯想到『鐘擺打法』，是因爲他是阪急的球迷；同樣地，多摩川社長會聯想到『用單擺讓屍體移動的機關』，是因爲你是本格推理小說狂——你們說對不對？」

「這樣說來……好像說不定眞的是這樣沒錯。」我說。

「確實是有這樣的傾向咧。」八橋學長也露出認同的表情。

「所以那又怎麼樣呢？你說說看那又怎樣呀？」

多摩川社長好像顯得有點不耐煩，用指尖「咚咚」地敲著桌面，一邊急著想催石崎說下去。而石崎卻不慌不忙，老神在在地繼續說：

「也就是說，我們在面對『單擺』這個問題的時候，很奇妙地在不知不覺間都執著於就自己有興趣的範圍去分析。然而，不用我多說，在這種時候，不管對我而言的『單攏』是什麼，或是多摩川社長所想到的『單攏』是什麼，都是不重要的。我們該去思考的問題只有一個，那就是對小松崎老師來說，『單攏』指的會是什麼？就只有這樣而已。接著，就在我這樣想的時候，我的腦海裡才浮現出一個先前沒有想過的『單攏』。那是一個對小松崎老師來說相當熟悉，但對我們來說卻是有些陌生的『單攏』……你們知道是什麼嗎？」

「是什麼？」

「是什麼咧？」

「會是什麼東西呢？」

我們三個人面面相覷，遲遲想不出合適的答案。最後石崎才像是等得不耐煩似地，開口說出眞正的『單攏』究竟是什麼。

「節拍器——對一個音樂老師來說，身邊最常接觸到的『單攏』，我想恐怕就是這個東西了吧。」

五

「我想對小松崎老師來說，從『單攏』這個字可以聯想到的東西，不是我們一般會想到的那種一條繩子下面綁著重錘的『向下垂的單擺』。她所想到的應該是像『節拍器似的單擺』，也就是一根頂端有重鎚的棒子左右擺動的那種『朝上的單擺』才對。如果她想到的眞的是這個東西的話，那麼我們先前的想法，就得要做名符其實的一百八十度大轉變才行。你們瞭解吧？」

石崎說得一點也沒錯。我自己從頭到尾，壓根也沒有注意到還有『朝上型的單擺』這種東西。換句話說，我雖然直接從小松崎老師的口中聽到了『單擺』這個字眼，但是我其實完全誤會了她想表達的意思。這樣一來，我根本就和什麼都沒聽到一樣——不，說不定還更糟。

「不過呀，」多摩川社長用很認眞的表情提問。

「假設小松崎老師所說的『單擺』，指的眞的是『像節拍器似的朝上型單擺』好了，那它就眞的能夠成爲解開密室之謎的關鍵嗎?我實在不這麼認爲。」

「關於這一點，無巧不巧，昨天晚上你們三個人就在我的面前，讓我看到了一個可能性。」

石崎這種拐彎抹角的說法，讓兩位學長像是在說「什麼東東呀?」似的面面相覷。

「我說你們呀，才過了一晚而已，不要跟我說你們忘記了喔!昨天晚上九點多，你們成功地潛進學校，拿出了放在第一教學大樓旁邊的梯子，打算要爬上學校中庭裡的那棵太郎松。因爲你們想要找到可以佐證『單擺機關』的證據。但是，就在你們找證據的時候，碰上了我們在巡邏，你們的計畫因而受挫。可憐的是在梯子上的赤坂同學，連人帶梯摔到地面上。這就是你們昨天失敗的全記錄吧。」

兩位學長擺出了「啊啊，對對」的表情。明明這些他們根本就不可能忘記的。

「那我們的失敗讓你看到了什麼樣的可能性？」

面對我的問題，石崎回答說：

「梯子的可能性。」

「啊？到頭來還是梯子嗎？」

我把剛才在我心裡被丟掉的梯子，又再趕忙撿了起來。不過，這把梯子該怎麼用呢？

「嗯，其實啊……赤坂同學，我是看到你爬的梯子倒下來，才突然想到說，啊，這不就正是『朝上型的單擺』嗎？」

「啊？」

「一把靠在太郎松上面的長梯，上面有一個人死命抓住梯子的狀態，不就正好可以讓人聯想到節拍器的那根棒子和重錘的關係嗎？後來那把有人在上面的梯子緩緩倒下來的樣子，根本就像極了一個巨大的節拍器從右邊擺動到左邊的狀態。但是像歸像，梯子畢竟還是梯子，只要一開始往下倒的話，最後終究只有撞上地面一途。這一點和會不斷往復運動的節拍器不一樣。實際上，赤坂同學也確實撞到了地面，背後和頭部都受到了重擊。」

完全正確。可是，和梯子一起撞到地面上的我，在石崎的腦海裡卻能映成一個巨大的節拍器，這一點令我相當驚訝。他如果還算是個老師的話，應該還有其他需要他想到的事情才對吧。

「不過，這裡更値得注意的是，赤坂同學落地的位置。赤坂同學，你是在距離太郎松大約三公尺處落地的喔。」

「嗯，是的。」

「那麼，爲什麼會這樣呢？當然是因爲赤坂同學原本人就在離地三公尺左右的地方。梯子一開始倒，你就死命地抓緊了這把梯子，所以你就這樣緊抓著梯子一起倒了下來。因此，你的身體必然會在距離太郎松將近三公尺的地方落地。這件事情，換句話說，就結果來看，它證明了梯子雖然原本是一個用來垂直移動的工具，但也可以用來做橫向的移動。」

石崎用意氣風發的態度，爲這段話作了一個小結。他帶著一副像是要說「怎樣？」的表情，抽著已經數不清是第幾根的香煙。我不禁向身邊的兩位學長低聲說：

「那個，現在到底是在講哪件事？」

「聽不懂吶。我記得應該是在解密室之謎才對呀。」

「一點也沒有談到密室的事情嘛！都是在講『單擺』和『梯子』的事情而已咩。」

學長們也流露出困惑的神情。我呢，則是覺得該要開始擔心石崎的推理方向了。

然而，石崎卻完全無視於我們的憂慮，甚至是不改他那自信滿滿的態度。他把已燒短的煙在煙灰缸裡捻熄。

「好了，接下來就是需要一點想像力的部分了。準備好了嗎？你們給我在腦海裡好好地把我講的光景儘可能地描繪出來喔。總之去想像就是了。真相就在你們的想像背後一說不定啦。」

石崎就這麼說了一段模糊的話，便擺出一副像是在看天花板似的樣子，靜靜地開始描述了起來。

「首先準備好一把梯子。這把梯子已經倚著第一教學大樓，立在那裡。接著，再假設有一個男人爬到了梯子的最頂端。這時如果梯子往後倒的話，會怎麼樣呢？如果梯子的長度有五公尺的話，那麼這個男人應該會在距離第一教學大樓五公尺遠的地方落地吧？這樣一來，落地的位置大概就會是那棵松樹的旁邊。怎麼樣，你們可以想像嗎？」

「嗯，我可以聽得懂你要表達的意思。」我回答。「因爲第一教學大樓到太郎松的距離有六公尺左右。」

「很好。那麼，如果今天梯子的長度有七公尺的話呢？這時，梯子在打到地面之前，應該會先勾到太郎松的某根枝幹吧？所以梯子上的男人應該會撞到樹的枝幹，然後掉到地面上去，或者是就這樣直接被勾在樹的枝幹上。對吧，社長？」

「應該是吧。」

社長百無聊賴地回答。

「那麼，如果梯子的長度更長一點的話，情況會變成怎麼樣呢？這時倒下來的梯子應該會因爲勾到太郎松的最頂端而停住吧？接著，人在梯子頂端的男子，應該就會順著梯子倒下去的慣性而被拋到太郎松的彼端——也就是組合屋校舍的那一側才對。男子的身體離開了梯子之後，會在空中畫出一個圓滑的拋物線，然後落下。這時男子會碰觸到的是地面，所以他會受傷，搞不好甚至會喪命。可是呢，你們也知道，距離組合屋校舍大約一公尺左右的地方，外面種了一大排的杜鵑。所以男子的身體有可能會落在這排杜鵑上。倘若他眞的掉到了杜鵑上，那會發生什麼事情呢？」

「會發生什麼事情……」社長終於開始認眞地思考起來了。「男子的身體會落在那一大排杜鵑上面，然後……」

「會反彈上來唄？因爲那一排杜鵑很有彈力咩。」

「沒錯，一定會再反彈上來才對。」

我不禁握緊了拳頭強調。社長也點頭表示同意。

「嗯，我們也常常從二樓的窗戶跳到那排杜鵑上。因爲那排杜鵑隨隨便便也可以讓我們反彈個一公尺左右。」

「啊？那是怎麼一回事？」

石崎似乎有點在意這件事，不過當然我們不會詳加說明。畢竟我們三不五時會借用文藝社的社辦之類的事情，實在是很讓人羞於啟齒。

「好吧，暫且不管。」石崎又把話題拉了回去。

「問題是，反彈之後會到哪裡去？如果剛好有一扇窗，而且這一扇窗剛好也開著的話……」

我不假思索地大叫：

「那就是保健室的窗戶吧！」

「沒錯。根據我的想像，男子的身軀應該會在杜鵑樹上大幅彈跳一次之後，朝保健室窗戶的方向反彈過去。如果剛好那扇窗又剛好開著的話，男子的身體就會穿過窗戶，倒在窗邊的床舖上才對。然後，如果這時男子已經由於胸口被刺身亡，而且剛好保健室的門口又上了鎖，再加上窗外沒有留下任何足跡的話，那會怎麼樣呢……」

我們三人用恍然大悟的表情面面相覷。石崎靜靜地開口說：

「那麼發現屍體的人，就會認定這是一宗密室殺人案了吧。」

六

深深的沉默佔領了整家店。只剩從石崎口中所吐出來的字句，悠揚地飄盪在一片寂靜當中。

「當然這一切都還只是我的想像啦！目前幾乎沒有任何堪稱爲證據的東西。不過，實際上在這所學校裡，的確是發生了一個讓人認爲是密室殺人的現象，這是不爭的事實。如果要利用『朝上型單攏』來解釋這個密室的疑點，我們能想到的方法應該就只有這一個了吧？至少我是這樣想的啦。」

「也就是說，」我終於開口。

「被害人田所健二並不是在保健室的床鋪上被刺殺的囉？」

「正是如此。」石崎用很嚴肅的表情點頭說。

「田所被刺殺的地點，應該是在倚著第一教學大樓的那把梯子上。至於爲什麼田所會出現在那種地方……這應該不用我多說了吧？他潛進校園的目的就只有那一個。所以他當然是爲了要偷拍才會出現在那裡。」

是呀！可以想得到的目的只有這一個──他爬上樓梯，是爲了要從第一教學大樓的窗戶去偷拍某人。而他所用的梯子，和昨天晚上我們用的是同一把。這點絕對錯不了。

「也就是說，凶手是當天人在第一教學大樓裡的人物，他隔著窗刺殺了田所囉？」

「我想恐怕是的。接著，田所遇刺的當下所承受的那股力道，使得梯子向後倒，而偶發的一連串作用，讓田所的身體被拋進了保健室裡，最後被你們發現。這次密室狀態的成立過程就是這樣。你們覺得如何？」

多摩川社長像是逮到一個好機會似的，舉起了手。

「等一下。說明到這裡，基本上我有很多地方是認同的。」

社長對於石崎的論述給予一定程度的肯定。原來他偶爾也會稱許別人的推理呀。然而，在肯定之後，多摩川社長還是不忘清楚地表明他的不滿。

「可是，當中好像還是有和現場狀況無法吻合的地方喔。」

「嗯～例如說是什麼地方？」

「血的問題呀。田所健二既然是被打孔錐所刺殺身亡的，當然他的屍體被發現的時候，四週都是一片血海。假如田所眞的像老師所說的，是在倚著第一教學大樓的梯子上被刺穿心臟，然後靠梯子的作用才衝進保健室好了，這樣的話，第一教學大樓的部分窗戶和窗框上，應該要是血跡四濺才對。甚至從第一教學大樓到保健室這一段的地面上，如果沒有血跡斑斑就怪啦。可是，實際上卻完全沒有發現這樣的血跡，反倒是只在保健室的床舖上留下了大量的鮮血。這一點再怎麼想都很矛盾吧。」

我幾乎都要叫出「哦！」的一聲了。社長說得很有道理。保健室那天淒慘的狀況，我是親眼目睹到的。因此，就當天的那個光景來看，我實在很難想像犯案現場會是在保健室以外的其他地方。石崎的說法乍聽之下很有道理，但其實對保健室的狀況，並沒有完整的說明。

然而，石崎不知爲何還能老神在在地說了句「這是一個好問題」，稱讚了社長一下。

「可是，多摩川同學呀，我什麼時候有說『田所的心臟被刺』啦？要是田所在梯子上就被刺穿心臟的話，那他就會當場死亡，屍體也會直接掉落到地面上，發現屍體的地點自然也就會是那個地面上了，而不會飛進保健室裡去才對。」

「嗯？是這樣說沒錯……所以呢？」

「所以，田所被刺的當下還沒有死。因此他的手才能抓緊梯子不放呀。」

「蛤？」社長露出差點沒昏倒的表情。

「我聽不懂你在說什麼……被刺的當下還沒有死是什麼意思？他可是被刺到心臟了喔，照常理來說應該是被刺的當下就會死了吧？」

「聽好了，凶手的確是用打孔錐刺向了田所的胸口沒錯，不過那不是他的致命傷喔。我想打孔錐刺到的，應該是稍微偏離田所心臟的部位吧。當然田所是有出血沒錯，但血量並不多，所以馬上就被他身上穿的學生服所吸收掉了。」

「喔。」

「可是，剛才已經說過田所是連人帶梯一起倒下，他的身體在反彈之後，飛進了保健室裡。他的身體是以趴著的形態被拋到床鋪上去的。此時，插在他胸口的打孔錐，應該接收到了一股強大的壓力才對。因爲那把打孔錐就夾在他的身體和床鋪之間。打孔錐由於這股外力的衝擊，才亂竄進他的胸口，最後刺穿了他的心臟。田所眞正斷氣的時間點，就是這個瞬間。也就是說，把打孔錐刺進田所胸口的，是當時應該身在第一教學大樓的凶手。但是，讓打孔錐用力刺進田所的胸口，最後演變成致命傷的，其實是保健室的床鋪和被害人自己的體重。所以第一教學大樓才會沒有血跡，但保健室卻血流成河。從這樣的角度來思考的話，血這方面的矛盾應該就可以解釋了。」

石崎漂亮地擊倒了社長的疑問。社長就像是承認了自己的敗北似地，默不作聲。

「還有其他的問題嗎？」

石崎就像是在募集挑戰者似地說。於是我問了一個直接到不能再直接的問題。

「那刺傷田所的凶手究竟是誰呢？」

石崎喜孜孜地說：

「問得好。」

七

「刺傷田所的凶手究竟是誰？在回答這個問題之前，我們必需要先釐清楚：究竟當時他是在偷窺第一教學大樓的哪一扇窗，才會讓他起意偷拍？所以，問題就在於這個答案要怎麼去找了。」

八橋學長像是突然想到答案似地，提供了一個點子：

「這一點是不是可以從梯子的長度來找到答案咧？」

「沒錯，問題就是在梯子的長度。這個部分我們並沒有一個精確的數字。然而，我們可以確定的是，倒下去的梯子會勾到太郎松的最頂端。這一點我們是有證據的。對吧，多摩川社長？」

「啊？」

石崎表情顯得有些沮喪，就像是在說「你嘛幫幫忙」似的。

「『啊』什麼啊？太郎松最頂端的枝幹上，不是有看起來很新的摩擦痕嗎，多摩川同學？剛剛你不是這樣說的嗎？那個摩擦痕不是你說的那個什麼『單擺機關』所造成的，而是倒下去的梯子撞上枝幹所造成的摩擦痕啦。」

「啊！原來如此，」社長拍了一下手。

「太郎松到第一教學大樓的距離大概有六公尺。不過，梯子倚著建築物的時候，會放在距離建築物大概一公尺左右的地方斜倚過去。這樣一來，梯子落腳的地點應該是在距離太郎松大約五公尺的地方。這樣推算之下，當這把梯子往後倒的時候，如果要能勾到太郎松最上面的枝幹，那麼梯子的長度要有多少才夠呢？多摩川社長，你知道吧？」

「問我就對啦！梯子的長度應該是$5\times\sqrt{2}$，對吧，八橋？」

「嗯，$\sqrt{2}$大約是等於1.414唄。對吧，阿通？」

「啊……蛤？」簡單來說就是學長們都不想自己算。「呃……五乘以一點四一四再取整數的話……大該是七公尺左右吧？」

「嗯，大概就是這樣。正確數字是七公尺又七公分，就算以剛好七公尺來計算也無妨吧。」

手上拿著名片型計算機的石崎答話。有計算機的話就早點講嘛。

「換句話說，梯子要能被太郎松勾到的話，長度至少要有七公尺才行。但光有這個長度是不夠的，因爲還要再加上人可以用手抓緊梯子的長度才行。所以，在七公尺之上，還要再加一個人的身高進去，算起來大概要有八公尺半到九公尺左右才合理。也就是說，田所健二拿來倚在第一教學大樓的梯子，長度大概要有這麼長。然後他才能爬上這把梯子，在準備要偷拍的時候喪了命。」

石崎又再看看我們三個人，說：

「你們想一想，以第一教學大樓來說的話，如果有八公尺半到九公尺，那應該不會是兩層樓的高度才對。這點你們應該知道吧？至少是可以到三樓，甚至是到頂樓的高度。然而，已經可以證明的是，在案發當晚，頂樓上並沒有人。」

社長和八橋學長對看了一眼，說：

「嗯，這倒是沒錯。因爲當天晚上最後離開頂樓的是……」

「……就是我們的啦！」

沒錯。而且我們三個人還和工友堀內伯伯一起鎖上了頂樓入口的鎖才下樓的。那個當下，樓頂上已經沒有人了。

「換句話說，頂樓已經沒有人可以成爲田所偷拍的對象囉？」

「赤坂同學，你說的完全正確。這樣一來，田所搬了梯子想要看到的，就必然不會是樓頂，而是三樓的窗戶才對。那麼，當晚三樓有亮燈的，是哪一間教室呢……？」

「是廣播視聽室！」我不假思索地大喊。

「當晚待在廣播視聽室的應該是島村祐介唄。」

「而且……」社長就像是要補上最後一刀似地說。「從保健室看過去的話，太郎松正好位在正對廣播視聽室的位置上。」

換句話說，就位置關係來看，石崎的論述也是吻合的。我的腦海裡立刻浮現了一個偷拍狗仔的身影——他爲了想要看到三樓廣播視聽室的窗戶，而奮力爬著超過八公尺高的梯子。

「不對。可是……」這時我的想像力撞上了一道牆。奇怪，我就是有一個再怎麼樣都沒有辦法理解的部分。

社長似乎也抱持著同樣的疑問。他很明快地把這個疑點指了出來：

「不過啊，老師，田所健二他不是一個專門偷拍偶像明星的專業狗仔嗎？他專程跑去偷拍島村祐介待的那間廣播視聽室幹嘛？我看不出讓田所願意冒這個風險的目的是什麼。」

「多摩川社長，你說的完全正確。田所不可能會想偷拍我們學校的歷史老師。可是，當時確實出現田所爲了想到三樓去而爬上梯子的這個狀況。也就是說，社長，我們應該要這樣想才對吧？當天晚上待在廣播視聽室的，應該不只有島村祐介一個人，而是還有一個令田所食指大動的偶像在場……」

我突然想到了一個女生的名字，不禁大叫了一聲「啊！」

「是藤川美佐對吧！」

這個令人大感意外的發展，讓八橋學長也吃驚地大叫：

「什麼？你是說當天晚上藤川美佐有在廣播視聽室裡面喔？」

相較於我們的驚訝，石崎一個人很平靜地說：

「是的。當天晚上，藤川美佐出現在廣播視聽室這件事，應該是錯不了。因此，見到藤川美佐生前最後一面的，就是島村祐介。不過他卻沒有把這件事情告訴任何人，一味的隱瞞至今。」

「所以，也就是說……」

我把後面要說的話又嚥回喉嚨裡去。石崎想表達的意思，我大致上可以瞭解。

石崎又接著說下去。

「當天晚上，田所應該是碰巧看到藤川美佐走進廣播視聽室裡去了吧。或許田所還在走廊上等著她走出來。可是，她卻遲遲沒從廣播視聽室裡出來。失去耐心的田所，做了什麼樣的舉動呢？他搬出了那把擺在第一教學大樓旁邊的梯子，試著從窗口去偷拍。恐怕他以往應該也用過這樣的手法來偷拍吧？然而，在他偷窺的那扇三樓窗戶裡，發生了什麼事呢？……那應該是一個連田所都覺得超乎想像的光景才對。他看到了一件不該看的事情了。

「『不該看的事情』指的應該是……」

從多摩川社長的喉嚨裡，發出了一聲呑嚥口水的聲音。

「沒錯。田所健二親眼看到的，正是島村祐介在廣播視聽室裡殺害了藤川美佐的場景。」

四週瞬間沉默了下來。這個瞬間，彷彿就是永恆。

「眞令人意外！」社長喃喃自語似地說。

「沒想到殺害藤川美佐的是島村祐介呀……原來如此。所以說殺害田所健二的也是島村。對吧，老師？」

石崎緩緩地點了頭，接著他又更清楚地說明了整起案情的輪廓。

「沒錯。我們一直都從田所健二在保健室這個密室被殺的角度來思考整個案情。小松崎老師的死，我認爲也是在這樣的過程當中所產生的悲劇。然而，眞相卻不是如此。整起案件其實是起自這所學校裡一位叫島村祐介的老師，他在一時衝動之下，殺害了同校的學生藤川美佐，才開始衍生出這整起案件。恐怕當中沒有任何一個環節是事先計劃好的。當天晚上藤川美佐會留在學校上課後輔導上到那麼晚也好，島村祐介一個人待在廣播視聽室也罷，應該都是偶然之下的產物。而同一時間剛好有個偷拍狗仔田所健二潛入學校這件事，更是誰也沒有預期到的。

我就依照順序來說明案發當天的狀況吧。

案發當天，傍晚七點過後，島村祐介還相當一派輕鬆地出現在你們三個人和堀內工友的面前。此時，他作夢也沒有想到就在三十分鐘之後，自己會接連殺害兩個活生生的人。至少在這個時間點，他還單純只是一個在廣播視聽室進行影片編輯作業的普通老師而已。

然而，事情就在你們離開廣播視聽室之後，起了變化。上完課後輔導的藤川美佐，來到了島村祐介所在的這個廣播視聽室。她來到廣播視聽室的目的，以及這兩個人之間在廣播視聽室裡究竟產生了什麼樣的互動，我不得而知。只不過可以確定的是，這兩個人之間因爲某事而起了爭執，而且還不是普通的小爭執而已。它應該是足以讓一位老師萌生殺意的、一個危機性的狀態才對。

接著，在七點半過後，悲劇就接二連三地發生了。先是島村祐介在廣播視聽室裡殺害了藤川美佐，但事情還沒結束。在島村祐介犯案之後，他又發現了田所在窗外目睹了他整個殺人的過程。這時的他在犯下一宗殺人案之後，應該已經處於情緒相當激動的狀態才對。於是他便跑到了窗邊，從桌上的筆筒裡抓起了打孔錐，接著他打開了窗戶，用打孔錐對著人在窗外的田所胸口猛刺。田所面對這個突如其來的攻擊，是毫無能力防備的。田所會在毫無抵抗的狀態下，從正面被刺傷胸口的原因，是由於他人在梯子上，名符其實地處於『不能放手』的情況之下。

當然，在這個當下，田所的凶殺案還沒有演變成密室殺人。

不過，就在田所被刺之後，他在梯子上失去了平衡，於是便和梯子一起往後倒了下去，越過了太郎松，然後在一排杜鵑樹上反彈一下，飛進了保健室裡。這一飛，衝擊的力道使得打孔錐刺破了他的心臟，讓他在血泊當中氣絕身亡。這樣的結果，也使得保健室成了一個密室。

說穿了，如果我們站在島村祐介的角度來想，他本人對自己犯下的罪行究竟掌握到什麼程度，這一點也相當可疑。自己刺傷的究竟是何許人也？他的身軀跌落到哪裡去了？這些島村很可能都不清楚。

不過，至少在島村的面前有一把被太郎松勾到的梯子。梯子的長度，還有倒下的方向，都有可能成爲自己這個凶手被指認的根據。這一點他應該也知道才對。如果放著這把梯子不管的話，對他而言簡直就是在自殺。所以他必需要先火速地將這把梯子處理好才行。

他急忙地來到一樓，走到中庭，把勾在太郎松的梯子拿下來，放回第一教學大樓旁原本擺放這把梯子的地方。對他而言應該可以說是相當僥倖的一點，是這一幕並沒有被任何人看到。因爲如果他扛著梯子的身影被人看到的話，當下他就等於已經是玩完了。

不過，他還是平安把這個動作完成了。接著，他回到三樓的廣播視聽室，回頭來做他原本要做的事情——也就是把藤川美佐那具被他殺掉的屍體，搬到廣播視聽室以外的地方。

就在他做這件事的同時，在保健室這頭，先是小松崎老師，接著是你們和久保老師等人發現了田所的屍體，引起了一陣大騷動。這時才好不容易聽到了警車的警笛聲抵達現場。因此，島村祐介沒有辦法把藤川美佐這具關鍵性的屍體搬遠，於是島村便把她的屍體塞在和廣播視聽室同一樓層的廁所掃具間裡。這已經是他可以找到最理想的藏屍地點了。

我想，這應該就是案發當晚所發生的狀況吧。」

八

「我有一個無法認同的點。」

多摩川社長看石崎的說明告一個段落，才開口說了這一句。

「什麼地方？」

「聲音的問題。」社長看著石崎的眼睛。「倘若依照老師所說的，梯子被太郎松勾住的話，那應該會發出很大的聲音才對。這時如果有人聽到聲音，例如說是在美術教室裡的久保老師，或是在教職員辦公室裡的鶴間教務主任，只要稍微往窗外看一眼，他們就可以看到卡在松樹上的梯子了吧？如果事情發展至此，那島村犯案的事實當下就應該已經敗露了才對。案發現場的週邊應該有很多人在才對，可是事情卻沒有演變到當場敗露的狀態。這一點我怎麼樣都無法接受。」

「嗯，這個問題非常有水準。我自己也對聲音的問題存疑過，不過，我們學校都是用兩道玻璃的窗戶，隔音效果非常確實，這點應該可以拿出來當做一種解釋吧？不過，光是這樣我還覺得不夠。因爲我們雖然用的是兩道玻璃材質的窗戶，但隔音也不至於好到可以完全阻隔聲音。」

「沒錯。當時我們三個人在距離中庭有一小段的工友休息室裡。工友休息室和教學大樓不一樣，沒有裝兩道玻璃窗，所以就算在教學大樓裡的人沒聽到，我們的耳朵應該不會聽漏才對。」

「是喔？那我倒是想問問你們：你們當天眞的沒有聽到任何不自然的聲音嗎？我想應該不會沒有才對吧？……咦？」

石崎突然不再說話，轉而把視線放到桌面上。這時只見他喝剩的那杯咖啡表面，興起了小小的漣漪。隨即我們頭上就傳來了一陣巨大的噪音。這間又舊又小的咖啡店，彷彿是在害怕這陣巨大噪音似地，劇烈地顫動了起來。咖啡杯在碟子上面喀恰喀恰地發出了碰撞聲，窗框也發出了咯咯的聲響。這在這一帶是很常見的事情。

這麼一提，案發當天晚上，也……

等到巨大噪音平息，咖啡店又回到原本被寂靜包圍的狀態之後，石崎才問我們：

「案發之後，剛過傍晚七點半的時候，你們有沒有聽到像現在這種直升機的聲音？……是嗎？果然還是有聽到。那麼，梯子倒下去的時間點，應該就是那個時候吧。所以梯子倒下去的聲音，才會被直升機的巨響給掩蓋過去了。還眞煩人啊！這一帶明明平常都那麼安靜，但上空三不五時就飛過去的飛機還眞多。特別是直升機，還眞是非同小可的吵啊。」

成功掃除多摩川社長的疑慮之後，石崎又再募集下一個問題。

「還有沒有別的問題？」

這回是八橋學長提問了。

「田所的行動當中，有些讓我覺得稍稍無法認同的地方。他早就知道藤川美佐在廣播視聽室裡，所以才起意要偷拍廣播視聽室。到這邊是沒問題啦。但是，後來他走到建築物外面去，拿出梯子，爬到窗外試著偷拍……這樣的做法不是很不妙嗎？就在他好整以暇地去做這些事情的時候，藤川美佐有可能就從廣播視聽室走出來了耶！不是嗎？這樣一來，好不容易就要得手的目標，可就會逃掉了喔。所以與其要這樣大費周章，還不如就在走廊暗處靜待藤川美佐現身咧，對嘸？」

「這一點說得完全正確。」

石崎開心地說。

「其實我本來對這一點也覺得不完全能夠理解。田所為什麼不要像你說的，就一直待在走廊上等呢？為什麼會想要採取使用梯子這麼大膽的手法呢？如果他沒有使出這一招的話，他今天就不會死了……這裡我把自己當成偷拍狗仔，試想了一下。這樣一想之後，我就覺得沒有問題，而答案更是昭然若揭了。」

「怎麼說？」

「如果今天我是單槍匹馬的偷拍狗仔的話，我一定不會擅離走廊半步。因為只要我再等下去，藤川美佐一定會現身。可是，假設我還有另外一個黨羽的話，這樣狀況就又不一樣了吧？任誰都會覺得『兩個人守候在同一個走廊上也不是辦法』。只要有一個人在走廊上等就夠了。這樣一想，就會覺得夠聰明的話，另外一個人還不如從別的角度去找機會按快門——一般應該是這樣想沒錯吧？我想，田所會想試著從三樓的窗戶去偷拍，背後的原因就是因為他當時有個這樣的黨羽。」

提到「黨羽」，社長像是想起了什麼似地，說：

「這麼說來，田所倒是可能還有黨羽。之前不是也曾經討論過這類的可能性嗎？有些在校外湊熱鬧等看明星的人，說案發之後有看到一個身穿學生服的男子，翻過學校的圍牆逃逸。」

「對吼！就是因為聽說了這個消息，我們那時候還針對田所健二和黨羽之間的『窩裡反說』的可能性，評估了好一段時間咧。隨著事態的發展轉變，我都把這件事忘得一乾二淨了咧。果然田所還是有黨羽的嘛。」

這樣一說……我也想起來了。昨天晚上石崎和千歲小姐兩個人交頭接耳地在講話的時候，他們的對話當中也出現了「黨羽」這個字眼。他們在講的那個到底是什麼呢？

石崎無視我們的疑問，又逕自說了下去。

「當然我們不能妄下論斷，說那個穿學生服逃逸的男子就是田所當時的黨羽。不過，這裡的重點是，這個黨羽的存在，將可能成爲逮捕眞凶的關鍵。怎麼說呢？如果依照我的推理，這個黨羽當天應該一直都在走廊上的暗處，等著藤川美佐現身才對。當然後來藤川美佐並沒有活著出現在他的面前，相反地，他應該有親眼目擊到藤川美佐的屍體才對。同時他也看到了正打算把這具屍體從廣播視聽室裡搬出來的島村祐介。」

「啊，對喔……是會變成這樣沒錯。」

我一方面感到恐懼，一邊喃喃地說。

試想一下，那該是多麼可怕的光景——在幽暗的走廊上，廣播視聽室的門突然打開，室內的光線照亮了年輕男老師的側臉，而男老師手上扛著的是已不會言語的女屍。有個男人正躲在暗處目睹了這一切。不知情的島村就在慌亂之中，帶著屍體走向了廁所……

沉默了半晌之後，社長才又開口問石崎：

「那就只要找出田所的黨羽，抓他來拷問一番，叫他一五一十地全招出來就行了，是吧？」

「正是如此。我就是這麼想，所以昨天就向千歲小姐提了一個小小的建議，也就是請她『去找找看田所的黨羽』。她一聽到田所的黨羽，心裡好像就已經有個譜了。接著，今天早上，她協同祖師之谷警部，一起去找了那名男子，想問個清楚。結果，這名男子就自己供出說他在事發當晚和田所一起潛進了這所學校裡來，而且聽說他也確實目睹了一名看似年輕老師的男子，扛著一具貌似藤川美佐的女屍，從廣播視聽室裡走出來的整個過程。而他所描述的年輕男子，特徵就和島村祐介完全吻合。」

原來如此。我這才搞清楚昨天晚上石崎和千歲小姐交頭接耳的內容，還有剛才千歲小姐向石崎說的那聲「謝囉」，原來是這個意思。

石崎的建議，成了偵破全案的決定性關鍵。

「其他就像你們剛才也聽到的，島村祐介剛才已經出面到案說明了。現在他應該正在接受警方的偵訊吧？說不定他現在已經開始自白了。」

石崎說完整個案情之後，又在一根新的香煙上點了火，然後一副好像很通體舒暢似地吞雲吐霧著。

九

島村祐介在國分寺警署的偵訊室裡，原先還不斷地在否認自己的犯行。最後他終於不敵祖師之谷警部不厭其煩的詢問，以及烏山刑警銳利的目光，一五一十地把自己所犯下的罪行給供了出來。

「犯罪的動機呢，說穿了就是一個情關難過。」

在島村祐介遭到逮捕的幾天之後，千歲小姐這麼告訴我們。

島村祐介和藤川美佐之間，早已發展到了超越師生的關係。這點讓我想起了山下佳代了告訴我的那個故事。以往曾經發生過這樣的一件事：演藝班導師本多和彥抓到想要偷拍藤川美佐的狗仔，並以拳腳相向，當時拔刀相助的，正是島村。

「這個故事和實際情況有一點出入。本多和彥抓到了偷拍狗仔，並以拳腳相向，這個部分是沒錯。可是，當時島村其實並不只是單純的拔刀相助而已。他內心眞正的目的，是想要破壞狗仔的照相機。因爲在那台照相機裡，拍到了他和藤川美佐不可告人的關係——不管有拍到或沒拍到，至少島村很擔心這個可能性，因此他才假裝幫本多和彥助陣，對狗仔施暴。」

結果在混亂當中，島村順利地把狗仔的相機砸壞，這件事情也就這樣過去了。順帶一提，當時挨揍的攝影師並不是田所健二，而他跟這次的案子也毫無關係。

但就在這件事情發生之後，島村對藤川的態度開始轉趨冷淡。

或許他眞的是嚇到了吧？說來也無可厚非，島村有妻子有小孩，再加上剛開始交往的時候，藤川美佐不過是個剛起步的小明星而已，但後來似乎也漸漸地開始嶄露頭角了。

再這樣下去的話，不知道自己將來會被捲進什麼樣的八卦緋聞。開始擔心起這些事情的島村，便單方面地想要斷絕和藤川之間的關係。實際上，藤川美佐的人氣，到了今年春天已經達到沸騰的地步。島村的這個判斷是很正確的。

然而……

「沒想到藤川美佐這一方意外地對這段感情相當認真。於是兩人早已出現裂痕的關係，就在案發當天晚上的廣播視聽室裡整個爆發出來了。藤川威脅說要把所有事情都攤在陽光下，島村則表示這樣做無疑是玉石俱焚，要藤川放他一馬。然而，藤川卻完全聽不進去。面對她這樣的態度，島村於是在忍無可忍的情況下，拿起麥克風的電線撲了過去，然後就這樣勒住藤川的頸部，將她殺害。就殺人這件事情本身來說，據稱是在相當衝動的情況下才犯案的。」

之後所發生的事情，幾乎全都被石崎的那番推理給說中了。島村拿起打孔錐刺向在窗外偷窺的田所，然後收拾好中庭的梯子，才把藤川美佐的屍體給搬到廁所去。島村完全沒有想到有人在暗處目睹了這一切。

問題是殺害小松崎律子這一段。

「小松崎律子真的很倒楣。她比大家都要早一步察覺了事情的真相，也發現到殺害田所的真凶就是島村。」

她雖然說是從久保毅在中庭說的一句「單攏」而得到了靈感，但現在回想起來，在那之後所發生的事情，其實也具有不容忽視的意義。

「那之後所發生的事情」指的是多摩川社長在廣播視聽室大唱演歌的那件事。當時聽到喧嘩而趕到現場的小松崎律子，剛好走進了廣播視聽室。這時她看到了擺在窗邊桌上的那個筆筒。接著，她又看了看窗外。這其實是她在重新親眼確認清楚廣播視聽室、太郎松，以及保健室之間的位置關係。當時，她的腦海裡浮現的是什麼光景呢？

凶手從筆筒抓起了打孔錐，刺向人在窗外的偷拍狗仔的胸口；偷拍狗仔緊抓著梯子，連人帶梯一起往太郎松的方向倒去。我想她一定是在想像這些場景。

原本在她心裡的那個模糊推測，應該是到了這個時候才完全轉變成確定的事實吧。

「不過，反過來說，其實她也只察覺到這個部分而已。她以爲整起事件是起因於島村祐介那股憎惡偷拍行爲的正義感，所以島村才會殺害人在梯子上的田所。所以在她眼中認爲島村是一個值得同情的人物。她應該作夢也沒有想到島村除了殺害田所之外，還殺掉了藤川美佐。所以她並沒有向警方供出島村，反倒是勸他出面自首，結果島村卻恩將仇報。」

事實上，島村祐介也想說如果自己只殺了田所的話，或許他會去自首。可是，他還犯下了一起殺害藤川美佐的滔天大罪。所以他應該壓根也沒有考慮要去自首。說穿了，島村根本就不是小松崎律子應該施以恩惠的一個對象，她應該要毫不猶豫地就向警方供出島村才對。這樣一來，下一齣悲劇原本應該是可以靠她自己的雙手來預防才對的。這樣想的話，那她的死的確是如千歲小姐所說的，真的很倒楣。

「被小松崎律子勸說出面自首的島村，根據他的供稱，先是感到了一陣錯愕。不過島村隨即也察覺到，小松崎律子並沒有打算要把他交給警方，因此他當下就決定要殺人滅口。他先是說了句『讓我考慮一下』之後，就暫時和小松崎律子道別。但是後來他又帶著故佈疑陣所需要用到的小道具，在傍晚時分又再次來到了小松崎律子的住處。謊稱『多虧妳的規勸，我決定要自首了』，然後進入了小松崎律子家中，拿出預先準備好的剃刀，將她殺害。接著島村還動了一些手腳，好讓她的死看起來像是自殺……整件事情好像就是這樣吧。」

島村動的手腳之一，就是那個密室的機關。關於這個部分，八橋學長的看法是正確的。島村以往也和其他老師同事們一起到過小松崎老師家好幾次，所以對那間屋子的構造很清楚。而他的這個知識，在這次的火箭汽球機關上派上了用場。

他另外做的一個手腳，是留在命案現場的那台數位相機。順帶一提，那一台照相機是屬於田所健二本人的照相機沒錯，島村探出三樓的窗戶刺殺田所的時候，田所拋開了手中握著的那台照相機。不過，這台照相機並沒有掉落到地面上，而是從窗外飛進了廣播視聽室裡。後來撿到了這台照相機的島村，爲了要湮滅證據，便考慮銷毀它。

然而，後來事情演變到讓島村不得不殺掉小松崎律子的時候，島村想到了可以好好利用一下這台相機的方法：如果田所的照相機是在小松崎律子家被找到的話，那不就可以把殺人的罪名全都嫁禍給她了嗎？

想到了這個辦法之後，島村便先把相機裡的所有檔案都刪除，然後再把相機留在小松崎律子家裡。

「錯把小松崎律子當作重要嫌疑人的時候，我們幾乎差點就要落入島村所設下的陷阱裡了。還眞是好險呢！」

千歲小姐說著，一邊很沒面子似地用手指摸了摸鼻頭。

結語

六月某日，下午四點鐘。場景是在鯉之窪學園後面的好吃燒餐廳「河馬屋」。小小的店裡一隅，有三個男生用很認眞的表情，圍著一塊鐵板。當然，這三個人就是我們偵探社的精銳三人部隊。

這天開會的主旨，是要做這次案件的總結——也就是檢討會。至少表面上是的。

然而，當鐵板的旁邊整齊地擺放著華麗的食材——包括蝦、花枝、豬五花肉，還有雞蛋等等——也就是好吃燒的明星食材全都擺在眼前的時候，已經沒有人有心再去做什麼檢討了。於是這次開會的主旨，當場就完全變成「好吃燒吃個飽大會」了。多摩川社長雀躍地拿起不鏽鋼大碗，便立刻用麵粉和山藥搭配適量的水，開始混合攪拌了。

他拿著筷子的那隻手，動作顯得相當輕快。他用很滿心期待的聲音說：

「對了，阿通，這次案件的記錄就拜託你仔細地寫一下啦！」

「蛤？」

社長那隻動著筷子的手，突然在大碗裡停了下來。

「『蛤』什麼蛤?你不應該『蛤』吧?這次所有發生過的事情，只要是和這起凶殺案有關的，通通要給我留下記錄來喔！」

「蛤……那是我要做的嗎？」

「當然呀！不是你還有誰？」

社長一邊說，一邊慎重其事地把好吃燒的粉漿倒到鐵板上。原本社長是打算要畫成一個完美的圓形的，結果被拉大成薄薄一片的粉漿，以一個醜陋的橢圓狀態，在鐵板上定了形。

「爲什麼得要做案件的記錄呢？」

「因爲要讓這個案子結案咩。」

在一旁看戲的八橋學長開口說。這我當然要反駁：

「整個案件不是已經落幕了嗎？」

島村祐介落網。學校雖然歷經了一陣相當大的動盪，但至少已經是比懸而未決的狀態好太多了。學生們逐漸恢復了穩定，課程也都在照常進行當中。再過不久，以往那個悠閒平靜的鯉之窪學園，就會再甦醒過來了吧？

藤川美佐的死訊在影劇版上喧騰了好一陣子，不過現在也已經告了一個段落。再過一段時間之後，和她有關的報導就會完全從版面上消失無蹤，可能再也不會有人提起她的話題了吧。我不知道這對藤川美佐來說，究竟算是可喜還是可悲？

小松崎老師的葬禮，辦在離學校很近的一家寺院裡。葬禮的儀式辦得簡單隆重，很像老師生前的風格。不過由於當天有不少老師和同學到場，也意外地讓儀式增添了幾分熱鬧的氣氛。

至於田所健二的葬禮在哪裡辦得怎樣，這我就不得而知了。

「還有什麼還沒解決的部分嗎？」

「不，倒不是那個意思的啦。嗯～要怎麼說才對咧？簡單來說，即便是凶手落網，謎題得到了解答，這起案件都還不算是眞正的了結咧。對嘸，流司？」

「沒錯。案件只是『解決』了，並不代表已經『了結』了。」

社長把大碗撤到一邊，這回又用雙手各拿起了一根鍋鏟。接著他在鐵板上一邊煎著蝦、花枝、豬五花等食材，然後用著像是向這些配料搭訕似的口吻，繼續說了一聲「爲什麼這樣說呢？……」

「爲什麼這樣說呢？因爲案件應該要由合適的人去記錄下來，這樣才能算是了結。而且這個記錄不能像警方所寫的偵查報告一樣，只是把枯燥乏味的事實羅列出來而已。至少它必需要成爲一部高格調、有品味的讀物才行。就像我們能夠接觸到過去的眾多案件，也都是因爲拜當時的人們不辭辛勞所賜。我們來東施效顰一下，也是應該的。」

「高格調？有品味？」我不假思索地說出了我的眞心話。「我們應該是辦不到的吧？」

八橋學長從喉嚨的深處笑出咯咯的聲音。

「的確，只要有那個完全讓人感受不到格調和品味的某人物在，就已經是在用力地扯我們的後腿了唄。」

那位『某人物』彷彿是對八橋學長所說的話充耳不聞似的，把煮熟的各種配料一個一個地放到麵糊上面去。

「我想確實也有它的難處啦，這個部分我們就只能賭一賭阿通的文采啦。總之，案件要有記錄才算是真正的了結。沒有留下記錄的案件，就跟沒發生過的事情沒兩樣——喂，阿通，幫我拿蛋。」

我把雞蛋交給了社長。社長把它拿到桌角一敲之後，慎重其事地對準正中心打下去。好吃燒裡總算是順利地有了一顆煎蛋。

「雖然說是記錄，但其實很簡單的啦。本格的基本要求就是第一人稱單一觀點。簡單來說，就是阿通你看到什麼寫什麼就行的啦。」

「不對，等一下等一下，這樣還不夠周全。要公平地描寫我、八橋和阿通，那就必需要用第三人稱多觀點的方式來描述才妥當吧。」

我一邊盯著鐵板，一邊對學長們說的話感到疑惑——第三人稱多觀點、第一人稱單一觀點，這些指的究竟是什麼東西？是像某某銀行的國分寺分行之類的東西嗎？

算了！這些東西等先吃飽了再說。

「對了，社長，是不是差不多了呢？」

「嗯，我知道。你別窮緊張。」

社長深情地凝望著眼前的這個剛好達到絕妙熟度的好吃燒。接著，社長就要進入最後階段，於是便把雙手上的鍋鏟分別從橢圓形餅皮的兩側，插進了餅皮下方。一瞬間，社長和好吃燒（？）互相凝望了一下。

「上！」

社長發出這一聲之後，社長的自信之作便在鐵板上的半空中漂亮地轉了半圈。這次社長並沒有像上次一樣，讓高麗菜飛散得到處都是。手法很俐落。

「呼～成功了！就這樣再用中火煎兩分半……一起名爲好吃燒的完全犯罪，就這樣完成啦！」

社長的側臉沉醉在成就感當中。

嗯？那這樣的話，這個又是什麼東西？

「社長，不得了了！」

「怎麼回事？」

「忘了加高麗菜了。」

東川篤哉專訪

推理就是有魅力的謎團加合乎邏輯的收尾

Ｑ１：您的小說相當精彩，也受到台灣讀者的喜愛與推薦，因此想請教，您故事中的靈感與構想從何而來？

東川：以我來說，我的故事都是從詭計、或應該稱爲推理精髓的這些小點子發想而來的。這些小點子都是我在日常生活中的細微覺察或感到驚奇的東西，或者從報紙、電視獲得的情報。這些小靈感不斷膨脹後，最後便成爲一個故事。

Ｑ２：您作品中的幽默吐槽互動幾乎是讀者們共同的喜愛！請問這樣的互動關係在生活週遭是否眞實存在？

東川：我現在自己一個人生活，所以周遭不可能出現這麼多令人愉快的人物。作品中的幽默吐槽，或許是過著樸素生活的我內心的一種寄望吧。

Q3：您的作品如此暢銷，想請教曾收過最有趣或印象最深刻的讀者回應是什麼？

東川：我有時候會收到讀者來信寫道「我平常不太看書」或是「我不喜歡推理小說」。不喜歡看書和不是推理小說迷也會看我的書，這點讓我非常開心。

Q4：在您衆多的作品當中最喜歡哪一部作品？另外，有比較偏愛的主角或出場人物嗎？爲什麼？

東川：我最喜歡的作品是《放學後再推理》。當然，這部作品裡面出現的主角霧之峰涼是我喜歡的主角之一。其他我也很喜歡「烏賊川市系列」的迷糊偵探鵜飼杜夫和他的助手、戶村流平這對搭檔。這兩人是我從出道持續寫到現在的角色，所以很有感情。至於《推理要再晚餐後》，我也很喜歡麗子和影山，但我最喜歡的角色是風祭警部。因爲沒有他，這部作品就無法成立。

Q5：您的作品在日本被翻拍成電視劇，您覺得戲劇有忠實呈現出您文字中的想像畫面嗎？

東川：其實我沒有看過翻拍的電視劇。我覺得電視劇是電視劇，原作是原作，沒有忠實遵照原作也沒關係，只要電視劇拍的好看，改編我也覺得無妨。

Q6：您的書籍被歸類爲「推理小說」，對您而言「推理小說」應該具備甚麼樣的元素？您覺得您爲何特別擅長這個元素？

東川：有魅力的謎團和合乎邏輯的收尾。行有餘力，最好裡面的詭計能令人印象深刻，或是出現令人驚訝、急轉直下的元素，這樣最為理想。至於有沒有哪些元素是必備的，否則就不能被稱作推理小說，我覺得這沒有絕對。只有一件事我非常堅持，那就是公平競爭（fair play，必須毫無保留地提示所有線索給讀者。），但就連這點也是視作品而異。事實上，過去也曾出現隱藏重大事實的傑作。

Q７：在您的閱讀歷程中，有哪幾位作家或哪幾部作品對您產生了影響，或在心中產生不可動搖的閱讀地位？

東川：橫溝正史《本陣殺人事件》赤川次郎《死者的學園祭》泡坂妻夫《亞愛一郎的狼狽》島田莊司《斜屋犯罪》有栖川有栖《月光遊戲》等等，族繁不及備載。

Q８：您心目中的「推理經典」有哪些？對於甫接觸「推理小說」的青少年同學們，會推薦什麼作品或是哪位作家的作品？

東川：我那個世代的推理迷，大多從小讀福爾摩斯、亞森羅蘋等系列，因而對推理小說啟蒙。之後，開始讀艾勒里．昆恩、阿嘉莎．克莉絲蒂、狄克森．卡爾等人的作品。我們大概都是這樣過來的。這些作家的代表作品都可稱作經典。

Q９：請問您在寫作時曾經出現瓶頸嗎？如果有，是在哪部作品？又是如何克服？

東川：會的，我寫作時會出現瓶頸。大多時候是故事的某個部分出現問題。可能故事中有不合理的地方、可能登場人物的配置很奇怪、可能舞台設定不適合等等，這些作品我會寫到一半就卡住了。所以，以我來說，特別是寫長篇的時候，常常會中途變更故事情節或登場人物。

Q10：可否跟臺灣的喜愛您的青少年讀者說幾句話。或者給對於想把心中故事寫下來，希望走上作家一途的青少年們一些建議或方向？

東川：不管在日本或台灣、當然歐美也是，有很多優秀的推理小說作家，也有很多優秀的推理小說作品。我自己在青少年時代時，只讀了其中很小很小的一部分，然後就長大成人了，這是我非常後悔的一件事。變成大人之後，出乎意外地沒有時間讀書，就算讀了書也無法像青少年時期讀書時那樣興奮。希望大家可以趁這個年紀，大量地閱讀推理小說。

另外，如果有人夢想成為作家，先試著從短篇開始寫如何？我成為作家的動機，就是因為第一次用五十張稿紙[22]寫下的短篇獲得認可。五十張稿紙我想誰都寫得出來。

（本文由本社與博客來《讀家》報刊企劃）

註22：五十張稿紙約為一萬四千字中文。

作者簡介

東川篤哉，生於廣島縣尾道市。岡山大學法學院畢業。一九九六年於(魚占)川哲也所編的《本格推理》首度發表作品〈半途而廢的密室〉。二〇〇二年長篇小說《密室鑰匙借給你》獲選KAPPANOVELS發掘新人計畫「Kappa-One」，正式出道。二〇一一年以《推理要在晚餐後》成爲年度最暢銷作家。

其作品風格在幽默滿點之餘，本格解謎成份卻又十份夠味，主要有「烏賊川市」以及「鯉之窪學園偵探社」、「推理要在晚餐後」三大系列，另有《館島》、《再也不誘拐了》等獨立作品。

譯者簡介

張嘉芬，成功大學中文系畢業，法政大學日本文學碩士。留日期間搭電車走訪日本各地，迷戀在慢車裡奢侈揮霍時間的旅行。譯有《影之車》、《美女罐頭》、《幸福之書》（新雨出版）等書。

不學無術的偵探學園

作　　者　東川篤哉
譯　　者　張嘉芬
編　　輯　黃少璋
校　　對　鄭天恩
發 行 人　王永福
出 版 者　新雨出版社
地　　址　台北縣三重市重安街一〇二號八樓
電　　話　(02) 2978-9528・(02) 2978-9529
傳眞電話　(02) 2978-9518
郵政劃撥　11954996　戶名：新雨出版社
電子信箱　a68689@ms22.hinet.net
出版登記　局版台業字第 4063 號
出版日期　二〇一二年五月初版

國家圖書館出版品預行編目資料

不學無術的偵探學園 /東川篤哉著；張嘉芬譯・--初版・-- 臺北縣三重市；新雨，2012. 05 面；　公分.

ISBN 978-986-227-111-7 (平裝)

861.57　　101007266